COLLECTION FOLIO

Philip K. Dick

Ce que disent les morts

Traduction de l'américain
revue par Hélène Collon

Gallimard

Cette nouvelle est extraite de *Minority Report et autres récits*
(Folio SF n° 109).

Titre original :

WHAT THE DEAD MEN SAY
in WORLDS OF TOMORROW, juin 1964
titré *La voix venue du ciel* (trad. P. Billon) in *Galaxie,*
nouvelle série n° 6, oct. 1964 ;
trad. A. Dorémieux, in *Dick, Le Père truqué*
(anthologie de J.-Cl. Zylberstein), U.G.E. « 10/18 », 1989.

C'est à Chicago en décembre 1928 que Philip Kindred Dick et sa sœur jumelle Jane Charlotte voient le jour. Malheureusement la petite fille meurt quelques semaines après sa naissance. Philip a quatre ans lorsque ses parents divorcent et il ne reverra presque plus jamais son père. Resté seul avec une mère autoritaire et ambitieuse, le petit garçon se réfugie dans des mondes imaginaires. Après une adolescence difficile, il commence des études de philosophie, mais est renvoyé de l'université de Berkeley pour communisme. Il enchaîne alors les petits boulots : vendeur dans un magasin de disques, programmateur dans une station de radio… Il commence à publier de courts textes de science-fiction et de poésie dans une revue universitaire. En mai 1948, il épouse Jeanette Marlin mais divorce six mois plus tard pour convoler avec Kleo Apostolides. Dick est confronté au FBI car sa femme affiche ses convictions gauchistes. Ce second mariage dure huit ans. Les années cinquante le voient alterner périodes d'écriture et dépressions. En 1955, paraît son premier roman, *Loterie solaire*. Pour tenir le coup et garder son rythme, il prend toutes sortes d'excitants. Il se sent sans cesse surveillé, victime de complots… Il divorce de Kleo pour épouser Anne Williams Rubinstein, mais le couple ne tarde pas à s'entredéchirer. Cette période difficile est pourtant très féconde d'un point de vue littéraire et il commence à être un écrivain reconnu. En 1961, Philip K. Dick reçoit le prix Hugo pour *Le maître du haut-château*. Il quitte Anne et épouse Nancy Hackette âgée de vingt et un ans et enceinte de leur fille Isa. De plus en plus dépendant des médicaments et atteint de paranoïa, il écrit cependant des chefs-d'œuvre : *Ubik, Les androïdes rêvent-ils de moutons électriques* (qui deviendra *Blade Runner* au cinéma), *Substance mort*... Lorsque Nancy le quitte, il se fait interner dans un hôpital psychiatrique et suit une cure de désintoxication. En avril 1973, il épouse la très jeune Tessa Busby qui lui donne un fils. Il est de plus en plus attiré par le christianisme. L'Europe commence à s'intéresser à cet écrivain atypique. En 1974, il reçoit le prix Nebula et le prix Hugo pour *Coulez mes larmes, dit le policier.* Après quelques années de stabilité, il retombe dans ses travers : rupture, divorce, tentative de suicide, hospitalisation... Il continue à écrire : *Deus irae* avec Robert Zelazny, *Blade Runner, La trilogie divine.* Il meurt d'un arrêt cardiaque le 2 mars 1982 et est enterré dans le Colorado à côté de sa mère.

Auteur de trente-six romans et cinq recueils de nouvelles, adapté de nombreuses fois au cinéma (*Blade Runner, Total Recall, Minority Report, Paycheck*...), Philip K. Dick s'est sans cesse interrogé sur la réalité, ses modifications et ses manipulations.

Découvrez, lisez ou relisez les livres de Philip K. Dick :

DANS LE JARDIN ET AUTRES RÉALITÉS DÉVIANTES (Folio SF n° 220)

LA FILLE AUX CHEVEUX NOIRS (Folio SF n° 87)

IMMUNITÉ ET AUTRES MIRAGES FUTURS (Folio SF n° 197)

MINORITY REPORT ET AUTRES RÉCITS (Folio SF n° 109)

L'ŒIL DE LA SIBYLLE (Folio SF n° 123)

PAYCHECK ET AUTRES RÉCITS (Folio SF n° 164)

SOUVENIR (Folio SF n° 143)

SUBSTANCE MORT (Folio SF n° 25)

VAISSEAU FABULEUX ET AUTRES VOYAGES GALACTIQUES (Folio SF n° 213)

LE VOYAGE GELÉ (Folio SF n° 160)

La trilogie divine :

RADIO LIBRE ALBEMUTH, *Prélude* à La trilogie divine (Folio SF n° 237)

SIVA (Folio SF n° 241)

L'INVASION DIVINE (Folio SF n° 249)

LA TRANSMIGRATION DE TIMOTHY ARCHER (Folio SF n° 255)

I

Il y avait une semaine que le corps de Louis Sarapis était exposé, dans un cercueil de plastique transparent sécurit, à la curiosité d'un public qui ne cessait de défiler. C'était la succession habituelle de reniflements, de visages tirés, de vieilles dames éplorées en habits de deuil.

Dans un coin de la vaste salle, Johnny Barefoot s'impatientait. Mais il n'était pas là pour voir le cadavre ; son rôle, stipulé en détail dans le testament de Sarapis, était tout autre. En tant que directeur du service de relations publiques du défunt, il lui incombait — tout simplement — de ramener Louis Sarapis à la vie.

« Bon Dieu », murmura-t-il en consultant sa montre. Encore deux heures avant la fermeture de la salle. Il avait faim. Et le froid qui émanait du système de réfrigération entourant le cercueil augmentait son inconfort.

Sa femme, Sarah Belle, s'approcha avec un thermos de café chaud. « Tiens, Johnny. » Elle releva de la main les mèches noires et brillantes, révélatrices de ses origines apaches, qui lui tombaient sur le front. « Tu as une sale tête.

— Oui, avoua-t-il. C'est dur à supporter. Je ne l'appréciais pas beaucoup de son vivant… et ce n'est pas avec tout ça que je vais l'aimer davantage. » Il désigna de la tête le cercueil et la file des visiteurs.

« Nil nisi bonum », murmura Sarah Belle.

Il tourna vers elle un regard intrigué, se demandant ce qu'elle venait de dire. Une phrase en langue étrangère, sans doute. Sarah Belle avait fait des études supérieures.

« Je citais le lapin Panpan, expliqua-t-elle avec un gentil sourire. "Si tu n'as rien de bon à dire, ne dis rien." C'est tiré de *Bambi*, un vieux classique du cinéma. Si tu assistais avec moi aux conférences données tous les lundis soir au musée d'Art moderne…

— Écoute, maugréa Johnny Barefoot, je n'ai aucune envie de ramener ce vieux filou à la vie,

Sarah Belle. Qu'est-ce qui m'a pris de m'embarquer dans cette galère ? Quand son embolie l'a terrassé, j'étais persuadé que j'allais pouvoir dire adieu à tout ça. » Mais les choses ne s'étaient pas déroulées selon ses prévisions.

« Débranche-le ! dit Sarah Belle.

— Hein ? »

Elle rit. « Tu as peur ? Tu n'as qu'à débrancher le système de réfrigération et alors... plus de résurrection ! » Une lueur amusée brillait dans ses yeux gris-bleu. « Tu as peur de lui, je suppose. Pauvre Johnny. » Elle lui tapota le bras. « Je devrais divorcer, mais non ; tu as besoin d'une maman pour s'occuper de toi.

— Ce serait mal, protesta-t-il. Louis est sans défense dans son cercueil. Ce serait... inhumain de le débrancher. »

Sarah Belle déclara calmement : « Tôt ou tard, tu seras confronté à lui, Johnny. Et quand il se trouvera en semi-vie, tu auras l'avantage sur lui. Ce sera donc le moment favorable ; il se pourrait que tu t'en sortes sans y laisser une plume. »

Elle lui tourna le dos et s'éloigna d'un pas vif, les mains enfouies dans les poches de son manteau en raison du froid.

La mine sombre, Johnny alluma une cigarette et s'adossa au mur. Sa femme avait raison, naturellement. En tête à tête, un semi-vivant n'était pas en mesure de lutter contre une personne en vie. Pourtant cette perspective l'effrayait. Depuis son enfance, Louis l'avait toujours impressionné. Cet homme ambitieux avait régné sur un empire commercial, l'ensemble des transports entre la Terre et Mars, tel un passionné de modélisme manipulant des astronefs miniatures sur un plateau en papier mâché dans son sous-sol. Et à sa mort, à l'âge de soixante-dix ans, il contrôlait par l'intermédiaire des Assurances Wilhelmina une centaine d'industries — connexes ou non — sur les deux planètes. Impossible d'évaluer le montant de sa fortune, même pour le fisc, qui d'ailleurs ne s'y risquait pas.

C'est à cause de mes gamines, songeait Johnny. *Je pense à elles à l'école, là-bas, en Oklahoma.* Il n'aurait pas craint d'affronter Louis s'il n'avait pas été chargé de famille… Rien n'avait plus d'importance à ses yeux que ses deux petites filles, et Sarah Belle, naturellement. *Il faut que je pense à elles et non à moi*, se disait-il en attendant le moment de retirer le corps du cercueil selon les dernières volontés du vieil homme.

Réfléchissons. La durée totale de sa semi-vie sera d'environ un an, et il voudra qu'elle soit répartie en tranches stratégiques, par exemple au terme de chaque année fiscale. Il la distribuera sur une vingtaine d'années, un mois par-ci, un mois par-là, puis, à mesure qu'il s'approchera de la fin, une semaine. Et au bout du compte... un jour ou deux.

Finalement, il ne lui resterait plus que quelques heures ; le signal se ferait de plus en plus ténu, la fragile étincelle d'activité électrique encore présente dans son cerveau pétrifié se mettrait à vaciller, les mots sortant de l'amplificateur deviendraient de plus en plus faibles, de plus en plus indistincts. Puis ce serait le silence et le tombeau. Mais tout cela pourrait durer vingt-cinq ans ; on atteindrait l'an 2100 avant que l'activité cérébrale du vieil homme ne s'interrompe définitivement.

Tout en grillant sa cigarette, Johnny Barefoot revoyait le jour où il s'était aventuré dans le bureau du personnel de l'Archimédienne pour confier timidement à la secrétaire qu'il était à la recherche d'un emploi ; il avait quelques idées brillantes à vendre, des idées qui permettraient de mettre fin aux grèves, aux actes de violence dont l'astroport était le théâtre en raison de l'ingérence juridique de syndicats rivaux... des idées grâce auxquelles, en gros, Sarapis échapperait complètement à l'emprise des syndicats. C'était un plan peu honnête, il le savait, mais il voyait juste en pensant qu'il valait de l'argent. La secrétaire l'avait conduit chez Pershing, le directeur du personnel, et celui-ci l'avait présenté à son tour à Sarapis.

« Faire partir les astronefs de l'*océan* ? s'était exclamé ce dernier. Depuis l'Atlantique, hors des eaux territoriales ?

— Les syndicats sont des organismes nationaux, avait répondu Johnny. Aucun d'entre eux ne possède de juridiction sur la haute mer. En revanche, les organismes commerciaux sont internationaux.

— J'aurai besoin d'hommes là-bas. Il m'en faudra le même nombre, sinon plus. Où les trouver ?

— En Birmanie, en Inde, en Malaisie. Recrutez de la main-d'œuvre jeune et inexpérimentée et amenez-la sur place. Formez vos travailleurs sur la base de contrats d'apprentissage. En d'autres termes, les frais de leur transport seront remboursés par leurs gains. » Cela revenait à adapter le système des péons, il en avait conscience. Et l'idée avait plu à Louis Sarapis. Un petit empire sur la haute mer, et des ouvriers sans droits reconnus. L'idéal.

Il avait mis le projet à exécution et engagé Johnny dans son service de relations publiques : l'emploi rêvé pour un homme ayant des idées brillantes dans un domaine non technique — autrement dit, un homme sans formation, un inutile, un inadapté, un hors rang dépourvu de diplômes.

« Dites-moi, Johnny, avait demandé un jour Sarapis, comment se fait-il qu'un sujet aussi doué que vous n'ait pas fait d'études ? Une pareille carence est fatale de nos jours. S'agirait-il d'une tendance à l'autodestruction ? » Il avait souri, découvrant ses dents en acier inoxydable.

« Exact, Louis, avait-il répondu d'un ton désabusé. J'ai envie de mourir. Je me hais moi-même ». Il s'était alors souvenu de son idée : revenir au système des péons. Mais cette disposition d'esprit lui était venue lorsqu'il avait laissé tomber l'école, il ne pouvait donc pas tout mettre sur le compte de l'esclavagiste qu'il était. « Je devrais peut-être consulter un psychanalyste, avait-il ajouté.

— Des fumistes. Pas un pour racheter l'autre. Je le sais : j'en ai six dans mon personnel, parfois à mon service exclusif. Ce qui ne va pas chez vous, c'est que vous êtes du genre envieux. Il vous faut tout ou rien. L'ascension patiente, la longue bataille, vous n'en voulez pas. »

N'empêche que j'ai tout, s'avisa — et s'était alors avisé — Johnny. *Ce n'est pas rien de travailler pour vous. Tout le monde veut entrer chez Sarapis ; il donne des emplois à toutes sortes d'individus.*

Les endeuillés qui défilaient devant le cercueil… tous ces gens étaient-ils des employés de Sarapis, ou des parents d'employés ? À moins que ce ne soient les bénéficiaires des allocations chômage que Sarapis avait fait voter au Congrès, lors de la crise qui avait frappé le pays trois ans plus tôt. Dans sa vieillesse, Sarapis était devenu la providence des pauvres, des affamés, des chômeurs. De ceux qui faisaient la queue à la soupe populaire. Comme maintenant.

Si ça se trouvait, c'étaient les mêmes qui faisaient la queue ici, en ce moment.

Un des gardes le poussa du coude, le faisant sursauter. « Pardon, vous n'êtes pas Mr Barefoot, le directeur des relations publiques de ce vieux Louis ?

— Si. » Johnny éteignit sa cigarette et dévissa le couvercle du thermos que Sarah Belle lui avait apporté. « Vous en voulez ? À moins que vous n'ayez l'habitude du froid qui règne dans ces salles municipales. » La ville de Chicago avait mis ce local à la disposition de la famille en témoignage de gratitude pour l'œuvre que Sarapis avait accomplie dans la région. Les usines qu'il avait créées, les hommes qui lui devaient leur salaire.

« Non, je n'en ai pas l'habitude, dit le garde en acceptant une tasse de café. Je vous ai toujours admiré, Mr Barefoot, parce que vous êtes parti de rien, ce qui ne vous a pas empêché d'obtenir une grosse situation et un salaire en proportion, sans parler de la notoriété. Vous êtes un exemple pour les gens comme moi qui n'ont pas d'instruction. »

Johnny émit un vague grommellement et but son café.

« Naturellement, continua le garde, c'est Sarapis qu'il faudrait remercier, à mon avis ; c'est lui qui vous a donné votre chance. Mon beau-frère a travaillé pour lui il y a cinq ans, à l'époque où personne n'embauchait sauf lui. On prétend que c'était un requin, qu'il ne voulait pas entendre parler des syndicats, et tout le reste. Mais il a pensionné tant de vieillards… Mon père a vécu jusqu'à sa mort d'une pension obtenue grâce à Sarapis. Et tous ces projets de lois qu'il a fait passer au Congrès ; sans lui, aucune des mesures favorables aux nécessiteux n'aurait été adoptée. »

Et Johnny de grommeler.

« Pas étonnant qu'il y ait autant de monde ici, poursuivit le garde. Qui viendra en aide aux petites gens, à ceux qui n'ont pas de bagage, comme vous et moi, maintenant qu'il est parti ? »

Johnny ne trouva pas de réponse, ni pour lui-même ni pour le garde.

En tant que propriétaire du funérarium des Frères Bien-Aimés, Herbert Schoenheit von Vogelsang était légalement requis d'entrer en contact avec le conseiller juridique et fondé de pouvoir du défunt Mr Sarapis, le fameux Claude Saint Cyr. Il était essentiel qu'il sache avec précision comment les périodes de semi-vie seraient distribuées, puisqu'il entrait dans ses attributions de prendre les dispositions matérielles à cet effet.

Cette entrevue aurait dû n'être qu'une formalité, mais une difficulté se présenta d'emblée. Il lui était impossible de joindre Claude Saint Cyr.

Bon sang ! s'exclama intérieurement Herbert en raccrochant le téléphone qui s'obstinait à sonner dans le vide. *Il doit y avoir quelque chose qui ne tourne pas rond ; chez un homme aussi important, c'est sans précédent.*

Il avait appelé de la remise — l'entrepôt où les sujets en semi-vie étaient maintenus en état de congélation. Pendant ce temps, un individu à l'allure d'employé de bureau attendait à la réception, un bon de retrait à la main. Manifestement, il était là pour prendre livraison d'un parent. Le jour de la Résurrection — jour férié au cours duquel on honorait publiquement les semi-vivants — approchait ; bientôt ce serait la ruée.

« Oui, monsieur, fit Herbert avec un sourire affable. Je vais m'occuper de vous personnellement.

— C'est une vieille dame, dit le client. Dans les quatre-vingts ans, toute petite et ratatinée. Je ne voulais pas seulement lui parler ; je voulais la sortir un peu. C'est ma grand-mère, précisa-t-il.

— Un moment. » Herbert regagna la remise à la recherche du numéro 3054039-B.

Quand il l'eut trouvé, il étudia la fiche jointe. Il ne lui restait plus que quinze jours de semi-vie. Machinalement, il actionna l'amplificateur portatif placé dans la coque de verre du cercueil, le régla, puis guetta sur la fréquence adéquate l'indication d'une activité encéphalique.

Du haut-parleur sortit une voix faible : « ... et puis Tillie s'est cassé la cheville, et on a bien pensé que ça ne guérirait jamais ; elle était tellement têtue, à vouloir tout de suite se remettre à marcher... »

Satisfait, il débrancha l'amplificateur et alerta un employé pour faire transporter le numéro 3054039-B à la plate-forme de chargement, d'où le client pourrait embarquer la vieille dame dans son hélice, ou sa voiture.

« Vous l'avez bien vérifiée ? demanda l'homme en s'acquittant de la somme due.

— Je m'en suis chargé personnellement, répondit Herbert. Elle fonctionne à merveille. » Il accompagna ses paroles d'un sourire. « Heureux Jour de Résurrection, Mr Ford.

— Merci », dit le client en se dirigeant vers la plate-forme de chargement.

Quand je mourrai, se dit Herbert Schoenheit von Vogelsang, *je demanderai par testament que mes héritiers ne me réveillent qu'une fois par siècle. Comme ça, je pourrai observer le destin de l'humanité.* Mais cela impliquait des frais d'entretien plutôt élevés, et tôt ou tard ses héritiers se révolteraient, ils feraient sortir son corps de la capsule de réfrigération et — juste ciel ! — l'enterreraient.

« L'enterrement est un rite barbare, murmura Herbert à haute voix. Une survivance des origines primitives de notre civilisation.

— Oui, monsieur », approuva Miss Beasman, sa secrétaire, assise à sa machine à écrire.

À l'intérieur de la remise, plusieurs clients s'entretenaient avec leurs parents semi-vivants, dans un silence recueilli, distribués à intervalles plus ou moins réguliers le long des allées qui séparaient les cercueils. C'était un spectacle paisible que celui de ces fidèles venant régulièrement présenter leurs respects. Ils apportaient aux semi-vivants des messages, des nouvelles du monde extérieur ; ils égayaient leur mélancolie durant ces périodes où leur activité cérébrale était ranimée. Et… ils payaient Herbert Schoenheit von Vogelsang. Diriger un funérarium était une affaire rentable.

« Mon père a l'air de faiblir. » Un jeune homme venait d'attirer l'attention d'Herbert. « Je vous serais très reconnaissant de bien vouloir prendre un moment pour le contrôler.

— Certainement », dit Herbert en accompagnant le client jusqu'à son parent décédé. La fiche n'indiquait plus que quelques jours, ce qui expliquait la diminution de l'activité cérébrale. Quoi qu'il en soit, il haussa le niveau de l'amplificateur, et la voix du semi-vivant se fit un peu plus forte. *Il est près de la fin*, pensa Herbert. Il était évident que le fils ne voulait pas voir la fiche, qu'il refusait de savoir que le contact avec son père s'étiolait. Aussi Herbert s'abstint-il de tout commentaire ; il se contenta de s'éloigner, le laissant communiquer avec le défunt. À quoi bon lui expliquer ce qu'il en était ? À quoi bon lui annoncer la mauvaise nouvelle ?

Un camion venait d'apparaître sur la plateforme de chargement. Deux hommes en descendirent, dans un uniforme bleu pâle qu'il connaissait bien. Les Transports et Magasinages interplanétaires Atlas, s'avisa Herbert. Ils amenaient un nouveau semi-vivant ou venaient en chercher un qui avait fini son temps. Sans hâte, il se dirigea vers eux. « Messieurs ? » s'enquit-il.

Le chauffeur du camion pencha la tête dehors. « Nous venons livrer Mr Louis Sarapis. La place est prête ?

— Absolument, répondit aussitôt Herbert. Mais je n'arrive pas à contacter Mr Saint Cyr afin de mettre au point les détails du programme. Quand doit-on le réanimer ? »

Un autre homme — cheveux noirs, petits yeux luisants — descendit du camion. « Je suis John Barefoot. Aux termes du testament, je dois m'occuper de Mr Sarapis. Il faut le ramener à la vie immédiatement ; telles sont les instructions.

— Je vois, acquiesça Herbert. C'est parfait. Amenez-le et nous le brancherons.

— Il fait froid ici, remarqua Barefoot. Encore plus froid que dans la salle où était exposé le cercueil.

— Naturellement ! » répondit Herbert.

L'équipe se mit en devoir de véhiculer le cercueil. Herbert aperçut le visage gris et massif du cadavre, un visage qui semblait sortir d'un moule. *Impressionnant, le vieux pirate*, pensa-t-il. *Heureusement pour nous tous qu'il est enfin mort, malgré ses œuvres de charité. Qui a envie de charité de nos jours ? Surtout celle qui venait de lui.*

Naturellement, il se garda de faire part de ses réflexions à Barefoot ; il se contenta de diriger l'équipe vers l'endroit prévu.

« Il parlera dans un quart d'heure, promit-il à Barefoot, qui semblait tendu. Ne vous inquiétez pas. En principe, nous n'avons jamais de difficultés à ce stade ; la charge résiduelle initiale est généralement suffisante.

— Je suppose que c'est plus tard, dit Barefoot, quand elle a diminué… que vous avez des problèmes techniques.

— Pourquoi a-t-il voulu être réanimé aussi vite ? » questionna Herbert.

Barefoot fronça les sourcils sans répondre.

« Excusez-moi. » Herbert continua à s'affairer sur les fils qui devaient être reliés à la prise cathodique du cercueil. « À basse température, murmura-t-il, le courant circule sans entrave. À moins 150 degrés, il n'existe aucune résistance mesurable ; donc… » Il rabattit le couvercle de l'anode. « Le signal devrait être parfaitement clair. » Il mit en marche l'amplificateur.

Un bourdonnement. Rien d'autre.

« Alors ? dit Barefoot.

— Je vais revérifier, répondit Herbert, se demandant ce qui s'était passé.

— Écoutez, articula Barefoot avec calme, si par suite d'une fausse manœuvre vous laissiez l'étincelle s'éteindre... » Il n'eut pas besoin d'achever ; Herbert avait compris.

« Il veut participer à la Convention nationale du Parti républicain-démocrate ? » demanda-t-il. La Convention devait se tenir dans le courant du mois, à Cleveland. Par le passé, Sarapis avait beaucoup manœuvré en coulisses lors des conventions d'investiture des partis républicain-démocrate et libéral. C'était même lui, disait-on, qui avait personnellement fait désigner le précédent candidat républicain-démocrate, Alfonse Gam. L'élégant et distingué Gam avait été battu, mais de peu.

« Toujours rien ? demanda Barefoot.

— Hum... on dirait que..., avoua Herbert.

— Rien. C'est évident. » Barefoot prit un air menaçant. « Si vous ne le réanimez pas dans les dix minutes, j'en référerai à Claude Saint Cyr ; nous retirerons Louis de votre dépôt et nous vous poursuivrons pour faute professionnelle.

— Je fais de mon mieux, s'écria Herbert, en sueur, tout en tripotant les plombs du cercueil. Nous n'avons pas vérifié le système de réfrigération. C'est peut-être là que se situe l'anomalie. »

À présent un bruit de friture se superposait au bourdonnement constant.

« C'est lui qui se manifeste ? s'enquit Barefoot.

— Non », admit Herbert, très perturbé. En réalité, c'était mauvais signe.

« Continuez », dit Barefoot. Mais cette recommandation était inutile. Herbert Schoenheit von Vogelsang mettait en œuvre toutes ses forces et toutes ses années d'expérience sans aucun résultat. Louis Sarapis demeurait silencieux.

Je n'y arriverai pas, se dit Herbert, la peur au ventre. *Je ne comprends pas pourquoi.* QU'EST-CE *QUI CLOCHE ? Un gros bonnet comme Sarapis, et il faut que ça foire.* Il poursuivit ses efforts, sans oser regarder Barefoot.

Au radiotélescope de l'Abîme Kennedy, sur la face cachée de la Lune, le chef technicien Owen Angress capta un signal émanant d'une zone située à une semaine-lumière du système solaire, en direction de Proxima. Ordinairement, cette région de l'espace aurait présenté peu d'intérêt pour la Commission internationale des communications spatiales à grande distance, mais cela, s'avisa Owen Angress, était exceptionnel.

Amplifiée par la grande antenne du radiotélescope, c'était une voix humaine qui lui parvenait, faiblement mais avec netteté.

« … sans doute de laisser faire, déclarait la voix. Si je les connais bien, et je crois pouvoir affirmer que oui. Ce Johnny ! Il retournerait sa veste si je ne le tenais pas à l'œil, mais en tout cas ce n'est pas un escroc comme Saint Cyr. J'ai bien fait de virer Saint Cyr. À supposer que je puisse faire coller ça… » La voix s'évanouit momentanément.

Qu'est-ce qu'il y a donc là-bas ? se demanda Angress, ahuri. « À un cinquante-deuxième d'année-lumière, murmura-t-il en traçant rapidement les coordonnées sur une carte spatiale. Rien d'autre que des nuages de poussière cosmique. » Il ne parvenait pas à comprendre. Le signal était-il réfléchi sur la Lune par un transmetteur voisin ? Autrement dit, s'agissait-il d'un simple écho ?

Ou bien se trompait-il dans la lecture de ses évaluations ?

En tout cas, il y avait là quelque chose de totalement anormal. Un individu soliloquant devant un quelconque émetteur au-delà du système solaire... un homme qui pensait tout haut, sans se presser, dans un état de demi-sommeil, comme par association d'idées... cela n'avait aucun sens.

Je ferais bien d'adresser un rapport à Wycoff, de l'Académie des sciences soviétique, se dit-il. Wycoff était son supérieur du moment ; le mois prochain ce serait Jamison, de l'Institut de technologie du Massachusetts. *Peut-être s'agit-il d'un astronef au long cours qui...*

La voix se fit à nouveau clairement entendre. « ... ce Gam est un imbécile ; j'ai fait le mauvais choix. À présent je sais à quoi m'en tenir, mais il est trop tard. Allô ? » Les pensées devinrent plus précises, les mots plus distincts. « Je reviens ?... Bon Dieu, il n'est que temps. Hé, Johnny ! C'est vous ? »

Angress décrocha le téléphone et forma le numéro de code permettant d'obtenir l'Union soviétique.

« Parlez, Johnny ! demandait plaintivement la voix. Allez, fiston ; j'ai tant de choses en tête. Tant à faire. La Convention a commencé, non ? Je n'ai pas le sens du temps dans cette prison, je ne peux ni voir ni entendre ; attendez de m'avoir rejoint et vous comprendrez... » De nouveau la voix s'éteignit.

Voilà tout à fait ce que Wycoff aime appeler un « phénomène », songea Angress.

Et je comprends pourquoi.

II

Au journal télévisé du soir, Claude Saint Cyr entendit le présentateur dégoiser à propos d'une découverte faite par le radiotélescope lunaire, mais il n'y prêta qu'une attention modérée, occupé qu'il était à préparer des cocktails pour ses invités.

« Oui, disait-il à Gertrude Harvey, si ironique que ça puisse paraître, c'est moi qui ai procédé à l'établissement du testament, y compris la clause qui me donnait automatiquement congé à l'heure même de sa mort. Je vais vous dire pourquoi Louis a fait ça. Il avait envers moi des soupçons de paranoïaque, et il s'est imaginé qu'avec cette clause il se garantissait contre le risque… » Il s'interrompit pour mesurer un doigt de vin blanc sec destiné à accompagner le gin. « … d'être prématurément expédié dans l'autre monde. » Il sourit et Gertrude, qui avait pris une pose affectée sur le canapé, lui rendit son sourire.

« Pour le bien qu'il en a retiré ! s'exclama Phil Harvey, assis à côté de son épouse.

— Bon sang, protesta Saint Cyr. Je ne suis pour rien dans sa mort. Il a succombé à une embolie. Un énorme caillot de graisse coincé comme un bouchon dans un goulot de bouteille. » Sa comparaison le fit rire. « La Nature a ses propres remèdes !

— Écoutez, dit Gertrude, la télévision annonce des choses bizarres. » Elle se rapprocha du récepteur et se pencha pour écouter.

« Sans doute ce balourd de Margrave qui prononce un discours », dit Saint Cyr. Margrave était président depuis quatre ans. Candidat du Parti libéral, il avait réussi à distancer Alfonse Gam, dont l'investiture avait été imposée par Louis Sarapis. En réalité, malgré ses défauts, Margrave était un habile politicien. Il était parvenu à convaincre une large fraction de l'électorat qu'il n'était pas si génial de choisir pour Président un fantoche manipulé par Sarapis.

« Non, dit Gertrude en tirant sa robe sur ses genoux, c'est... l'administration spatiale, je crois. Il s'agit d'une information scientifique.

— Scientifique ! s'écria Saint Cyr en riant. Dans ce cas, écoutons. J'admire la science. Montez le son. » *Je suppose qu'ils ont découvert une nouvelle planète dans le système d'Orion*, se dit-il. *Un nouveau but à donner à notre existence collective.*

« Une voix venue des profondeurs de l'espace, déclarait le présentateur, plonge dans la perplexité les savants des États-Unis et d'Union soviétique.

— Oh ! non, s'étrangla Saint Cyr. Une voix venue des profondeurs de l'espace ! C'est trop ! » Pris d'un fou rire, il s'écarta du téléviseur ; il lui était impossible d'en entendre davantage. « Voilà de quoi nous avons besoin, dit-il à Phil. Une voix qui viendrait de… Qui vous savez.

— Qui donc ? demanda Phil.

— Mais Dieu, naturellement. Le radiotélescope de l'Abîme Kennedy a recueilli la voix de Dieu, et maintenant nous allons recevoir une nouvelle série de commandements divins, ou à tout le moins quelques rouleaux de parchemin. » Il ôta ses lunettes et s'essuya les yeux à l'aide de son mouchoir en lin irlandais.

« Personnellement, je suis de l'avis de ma femme, dit Phil Harvey avec le plus grand sérieux. Ça semble passionnant.

— Écoutez, mon vieux, assura Saint Cyr, vous le savez bien : on va finir par s'apercevoir qu'il n'y a derrière tout ça qu'un transistor perdu par un étudiant japonais au cours d'un voyage entre la Terre et Callisto. Les ondes radio auront dérivé hors du système solaire, le radiotélescope les aura captées, et voilà un énorme mystère pour les scientifiques. » Il reprit son sérieux. « Coupez cette télé, Gertrude, nous avons à discuter de choses un peu plus sérieuses. »

À regret, elle obéit. « Est-il vrai, Claude, demanda-t-elle en se levant, que le funérarium n'a pas pu réanimer le vieux Louis ? Qu'il ne se trouve pas en semi-vie comme prévu ?

— Personne ne me tient plus au courant chez les cadres, répondit Saint Cyr, mais j'ai effectivement entendu courir des bruits. » En fait, il connaissait la vérité. Il avait conservé des amis dans la place mais n'aimait pas en parler. « En effet, ce n'est pas impossible. »

Gertrude frissonna. « Imaginez qu'on ne puisse plus revenir ! Ce serait effrayant !

— C'était pourtant la norme autrefois, fit observer son mari en buvant son cocktail. Personne n'avait accès à la semi-vie jusqu'à la fin du siècle dernier.

— Mais nous en avons pris l'habitude, s'obstina Gertrude.

— Poursuivons notre entretien, dit Saint Cyr à Phil Harvey.

— Entendu, répondit celui-ci en haussant les épaules. Si vous estimez que ça en vaut la peine. » Il fixa Saint Cyr d'un œil critique. « Je peux vous prendre comme conseiller juridique… si vous êtes certain de le désirer. Mais il m'est impossible de vous confier le genre d'affaires dont vous aviez la charge chez Louis. Ce ne serait pas honnête à l'égard des juristes qui travaillent déjà pour moi.

— Évidemment », admit Saint Cyr. En fait, l'entreprise de transports de Harvey était mineure par rapport à l'empire de Sarapis. Dans son domaine, Harvey n'occupait pas le premier rang.

Mais c'était précisément ce que Saint Cyr désirait. En moins d'un an, pensait-il, grâce à l'expérience et aux relations qu'il avait acquises chez Sarapis, il pourrait supplanter Harvey et s'assurer le contrôle des Entreprises Elektra.

La première femme de Harvey se prénommait Elektra. Saint Cyr l'avait connue et, après le divorce, avait continué à la voir de manière plus intime — et plus fougueuse. Il avait toujours eu le sentiment qu'Elektra Harvey s'était fait léser dans cette séparation. Harvey avait employé un avocat expérimenté, qui avait écrasé sans peine celui d'Elektra… lequel se trouvait être l'associé de Saint Cyr, Harold Faine. Après coup, Saint Cyr s'en était voulu de ne pas avoir pris lui-même l'affaire en main. Mais il était alors trop absorbé par les intérêts de Sarapis… la chose n'avait pas été possible.

Maintenant que Sarapis était mort et que les contrats le liant aux sociétés Atlas, Wilhelmina et à l'Archimédienne étaient résiliés, Saint Cyr aurait le temps de réparer cette injustice. Il pourrait venir en aide à la femme qu'incontestablement il aimait.

Mais d'abord il lui fallait s'introduire dans l'équipe juridique de Harvey — à tout prix. Et de toute évidence, c'était en bonne voie.

« Marché conclu ? dit-il à Harvey en lui tendant la main.

— Entendu », répondit celui-ci avec nonchalance. Ils se serrèrent la main. « À propos, j'ai quelques renseignements — fragmentaires mais précis — sur les raisons qui ont poussé Sarapis à vous rayer de son testament. Ce ne sont pas du tout celles que vous m'avez données.

— Ah ? fit Saint Cyr sans se démonter.

— À ce que j'ai cru comprendre, il soupçonnait quelqu'un — vous, peut-être — de chercher à s'opposer à son retour à la semi-vie. Il pensait que vous alliez choisir un funérarium bien particulier, dirigé par certaines de vos relations... qui se trouveraient incapables de le réanimer. » Il leva les yeux sur Saint Cyr. « Et chose curieuse, on dirait que c'est précisément ce qui s'est produit ! »

Un silence s'ensuivit.

Gertrude reprit enfin la parole. « Pour quelle raison Claude chercherait-il à empêcher la résurrection de Louis Sarapis ?

— Je n'en ai aucune idée. » Harvey se caressa pensivement le menton. « Je n'arrive même pas à comprendre tout à fait ce phénomène de la semi-vie. Ne dit-on pas que le semi-vivant se retrouve souvent doté d'une sorte de perspicacité, d'une nouvelle vision des choses, d'une perspective dont il était dépourvu de son vivant ?

— J'ai entendu des psychologues en parler, remarqua Gertrude. C'est ce que les anciens théologiens appelaient une *conversion*.

— Claude redoutait peut-être la perspicacité dont risquait de faire preuve le vieux Louis, dit Harvey. Mais il ne s'agit que d'une supposition.

— Une supposition, en effet, renchérit Saint Cyr. Jusque dans le projet qu'elle sous-entend. Je ne connais absolument personne dans le milieu des funérariums. » Il avait fait cette déclaration avec fermeté. Mais tout cela était délicat, se dit-il. Plutôt embarrassant.

Sur ce, la bonne vint annoncer que le dîner était servi. Phil et Gertrude se levèrent, et Saint Cyr les rejoignit au moment où ils entraient dans la salle à manger.

« Dites-moi, demanda Harvey à Saint Cyr. Qui est l'héritier de Sarapis ?

— Sa petite-fille. Elle vit sur Callisto. Elle s'appelle Kathy Egmont et c'est quelqu'un de bizarre... Vingt ans, et elle est déjà allée cinq fois en prison, en général pour usage de stupéfiants. Dernièrement, à ce que j'ai cru comprendre, elle a réussi à décrocher et elle donne aujourd'hui dans le mysticisme. Je ne l'ai jamais rencontrée, mais j'ai eu entre les mains des volumes de correspondance entre elle et le vieux Louis.

— Et une fois le testament homologué, elle hérite de la fortune entière ? Avec tout le pouvoir politique que cela entraîne ?

— Ma foi, répliqua Saint Cyr, le pouvoir

politique ne se lègue pas par testament. Ce dont Kathy hérite, c'est le complexe économique. Comme vous le savez, il fonctionne par le biais d'une holding parfaitement légale au regard de la juridiction du Delaware, les Assurances Wilhelmina. Tout cela lui appartient, si elle veut s'en servir… et si elle comprend la nature de son héritage.

— Vous ne semblez guère optimiste, dit Phil Harvey.

— Toute sa correspondance montre — du moins à mes yeux — que c'est une personnalité très excentrique et instable, une malade, pratiquement une psychopathe. La dernière personne que j'aimerais voir hériter de la fortune de Louis. »

Sur ces paroles, ils prirent place à table.

Au cours de la nuit, Johnny Barefoot fut réveillé par le téléphone. Il se redressa et tâtonna dans le noir à la recherche du combiné. Sarah Belle bougea près de lui au moment où il disait d'une voix graillonnante : « Allô. À qui diable ai-je l'honneur ?

— Excusez-moi, Mr Barefoot, murmura une petite voix féminine. Je suis désolée de vous déranger dans votre sommeil. Mais mon conseiller juridique m'a recommandé de vous appeler dès mon arrivée sur Terre. » Elle ajouta : « Kathy Egmont à l'appareil. Mrs Kathy Sharp, en fait, si vous voulez mon vrai nom. Vous savez qui je suis ?

— Oui », dit Johnny en se frottant les yeux et en bâillant. Le froid qui régnait dans la pièce le faisait frissonner ; Sarah Belle tira les couvertures sur ses épaules et lui tourna le dos. « Voulez-vous que je vienne vous chercher ? Avez-vous un endroit où descendre ?

— Je ne connais personne sur Terre, mais les employés de l'astroport m'ont indiqué un bon hôtel, le Beverely ; c'est là que je vais me rendre. J'ai quitté Callisto dès que j'ai appris la mort de mon grand-père.

— Vous n'avez pas perdu de temps », remarqua-t-il. Il n'attendait pas son arrivée avant vingt-quatre heures.

« Serait-il possible… » Il y avait de la timidité dans sa voix. « Serait-il possible que je loge chez vous, Mr Barefoot ? J'avoue que ce grand hôtel anonyme me fait un peu peur.

— Je regrette, dit-il aussitôt. Je suis marié. » Il se rendit compte que sa réponse n'était pas seulement incongrue, mais franchement grossière. « C'est-à-dire, se hâta-t-il d'ajouter, que je n'ai pas de chambre d'ami. Restez cette nuit au Beverely et demain nous vous trouverons quelque chose plus à votre convenance.

— Très bien », fit Kathy. Elle paraissait résignée mais toujours anxieuse. « Au fait, Mr Barefoot, comment s'est passée la résurrection de mon grand-père ? Est-il en semi-vie à l'heure qu'il est ?

— Non, avoua Johnny. On n'a pas encore réussi à le réanimer. Mais on y travaille. »

Lorsqu'il avait quitté le funérarium, cinq techniciens s'affairaient autour du cercueil, cherchant à déterminer l'origine de l'anomalie.

« J'avais envisagé cette éventualité, dit Kathy.

— Pourquoi donc ?

— Eh bien, mon grand-père… était tellement différent des autres. Vous le savez mieux que moi… après tout, vous étiez chaque jour à ses côtés. Je n'arrivais pas à me le représenter inanimé comme les semi-vivants. Passif, impuissant. Vous arrivez à l'imaginer ainsi, après tout ce qu'il a accompli ?

— Nous en parlerons demain, biaisa Johnny. Je serai à votre hôtel vers neuf heures, d'accord ?

— Parfait. Je suis contente de vous avoir parlé, Mr Barefoot. J'espère que vous continuerez à travailler à l'Archimédienne… pour moi. Au revoir. » Un déclic ; elle avait raccroché.

Ma nouvelle patronne, pensa Johnny. *Juste ciel !*

« Qui était-ce ? marmonna Sarah Belle. À une heure pareille ?

— Le grand chef de l'Archimédienne. Mon patron,

— Louis Sarapis ? » Sarah Belle se redressa en sursaut. « Oh ! tu veux parler de sa petite-fille… Elle est déjà arrivée ? Quelle impression elle t'a faite ?

— Difficile à dire, répondit-il pensivement. Elle a surtout l'air apeurée. Elle vient d'un petit monde clos. Rien à voir avec la Terre. » Il garda pour lui ce qu'il savait sur Kathy — sa toxicomanie, ses séjours en prison.

« Elle peut prendre la succession tout de suite ? s'enquit Sarah Belle. Ne doit-elle pas attendre que Louis ait terminé sa semi-vie ?

— Officiellement, il est mort. Ses dispositions testamentaires sont exécutoires. » *Et d'ailleurs*, se dit-il avec causticité, *il n'est même pas en semi-vie. Il est silencieux et mort dans sa capsule de réfrigération, où de toute évidence on ne l'a pas mis assez vite.*

« Tu penses que tu pourras t'entendre avec elle ?

— Je n'en sais rien, avoua-t-il. Je ne sais même pas si je tenterai l'expérience. » Il lui déplaisait de devoir travailler sous les ordres d'une femme, surtout plus jeune que lui. Surtout si, en plus, elle était aussi déséquilibrée qu'on le prétendait. Pourtant, au téléphone, elle ne lui avait pas donné cette impression. Il retournait ces pensées dans sa tête, bien éveillé à présent.

« Elle doit être très jolie, dit Sarah Belle. Tu vas probablement tomber amoureux d'elle et me quitter.

— Sûrement pas, se récria-t-il. Rien d'aussi spectaculaire. J'essaierai sans doute de travailler pour elle, de tenir quelques mois. Et si ça ne marche pas, je chercherai ailleurs. » *Et pendant ce temps*, se demandait-il, *qu'en sera-t-il de Louis ? Arriverons-nous à le réanimer, oui ou non ?* C'était là la véritable grande inconnue.

Si on ramenait Sarapis à la semi-vie, il pourrait guider sa petite-fille. Bien qu'officiellement et physiquement mort, il pouvait dans une certaine mesure garder la main sur l'organisation économique et politique complexe qu'il avait bâtie. Enfin pour l'instant, il n'en était pas question.

Pourtant le vieil homme avait compté être réanimé au plus vite, en tout cas avant la Convention républicaine-démocrate. Louis savait certainement — ou plutôt, il avait dû savoir — à quel genre de personne il léguait sa fortune. Sans aide, elle n'avait aucune chance de s'en sortir, *Et moi, je ne peux rien pour elle*, pensait Johnny. *Claude Saint Cyr en aurait été capable, mais les dispositions testamentaires le mettent hors circuit. Alors ? Il ne reste qu'une chose à faire : continuer de tout tenter pour réanimer le vieux Louis, au besoin en faisant appel à tous les funérariums des États-Unis, de Cuba et de Russie.*

« Tu as l'air désorienté, dit Sarah Belle. Ça se voit à ta figure. » Elle avait allumé la petite lampe de chevet et tendait la main vers sa robe de chambre. « N'essaie pas de résoudre de gros problèmes en pleine nuit. »

C'est ainsi qu'on doit se sentir en semi-vie, se dit-il en s'endormant. Il secoua la tête, pour essayer d'y remettre de l'ordre, mais en vain.

Le lendemain matin, il gara sa voiture dans le parking souterrain de l'hôtel Beverely et prit l'ascenseur pour se rendre à la réception, où il fut accueilli par l'employé de jour, tout sourire. L'hôtel était d'apparence modeste, estima Johnny. C'était néanmoins un établissement propre, familial, qui louait sans doute au mois la plupart de ses chambres et comprenait parmi ses pensionnaires une majorité de personnes âgées et de retraités. Kathy devait avoir l'habitude d'une vie modeste.

En réponse à sa demande, le réceptionniste lui indiqua la cafétéria voisine. « Vous la trouverez là, en train de prendre son petit déjeuner. Elle nous a prévenus de votre visite, Mr Barefoot. »

Il y avait beaucoup de monde dans la cafétéria. Il s'arrêta en se demandant qui était Kathy. Cette jeune fille brune empruntée, aux traits figés, dans l'angle le plus éloigné de la salle ? Il se dirigea vers elle. Ses cheveux devaient être teints. L'absence de maquillage rendait son visage anormalement pâle ; son teint avait quelque chose d'austère, comme si la jeune femme avait beaucoup souffert — mais pas le genre d'épreuves qui vous aguerrissent ou vous font mûrir, bref, vous rendent « meilleur ». On sentait là de la souffrance brute, sans aspects rédempteurs, décréta-t-il en l'examinant.

« Kathy ? » interrogea-t-il.

La jeune fille tourna la tête. Regard vide, absence totale d'expression. D'une voix fluette elle répondit : « Oui. Vous êtes John Barefoot ? » Tandis qu'il s'approchait du box et s'installait en face d'elle, elle le fixa, l'air de croire qu'il s'apprêtait à bondir sur elle pour — Dieu l'en préserve — la violer sur place. *Un petit animal solitaire, acculé dans un coin face au monde entier*, pensa-t-il.

Son teint livide était peut-être dû à l'abus de la drogue. Mais cela n'expliquait pas entièrement l'intonation impersonnelle, les traits rigoureusement inexpressifs. Pourtant... elle était jolie. Elle avait un visage délicat, régulier... animé, il serait devenu intéressant. Il en avait peut-être été ainsi autrefois. Des années plus tôt.

« Il ne me reste que cinq dollars, dit Kathy. Après avoir payé mon voyage, ma chambre et mon petit déjeuner. Pourriez-vous... » Elle hésita. « Pourriez-vous me dire... est-ce que je peux déjà disposer de quelque chose sur mon héritage ?

— Je vais vous faire un chèque de cent dollars. Vous me rembourserez plus tard, dit Johnny en tirant son chéquier de sa poche.

— Vraiment ? » Elle semblait stupéfaite et, pour la première fois, elle eut un faible sourire. « C'est gentil de me faire confiance. À moins que vous ne tentiez de m'impressionner ? Vous dirigiez le service des relations publiques de mon grand-père, n'est-ce pas ? Quelles dispositions a-t-il prises à votre égard dans le testament ? Je ne m'en souviens plus. Tout s'est passé si vite, ça s'embrouille dans ma tête.

— Eh bien, je n'ai pas été congédié comme Claude Saint Cyr.

— Alors vous restez dans l'entreprise. » Cette constatation parut la soulager. « Je me demande... serait-il correct de dire que vous travaillerez dorénavant pour *moi* ?

— Vous pouvez le dire. À supposer que vous ayez besoin d'un chargé de relations publiques. Ce qui n'est peut-être pas le cas. La moitié du temps, Louis n'était pas persuadé de mon utilité.

— Expliquez-moi ce qu'on a fait pour tenter de le réanimer. »

Il lui exposa la situation en quelques mots

« Et ces détails ne sont pas connus du public ? demanda-t-elle.

— Absolument pas. Je suis au courant. Ainsi qu'un propriétaire de funérarium qui porte le nom extravagant de Herbert Schoenheit von Vogelsang. Il se peut que la nouvelle ait filtré jusqu'à certains personnages haut placés de l'industrie des transports, comme Phil Harvey. Et je suppose que Claude Saint Cyr est maintenant dans la confidence. Bien sûr, à mesure que le temps passe, et que Louis reste sans faire de déclaration d'ordre politique à la presse…

— Nous devrons les concocter nous-mêmes, déclara Kathy. Et prétendre qu'elles viennent de lui. Tel sera votre rôle, Mr Drôle de nom. » Elle sourit pour la deuxième fois. « Transmettre à la presse des déclarations provenant de mon grand-père, jusqu'à ce qu'il soit réanimé ou que nous renoncions à le faire revivre. Pensez-vous qu'on en arrivera là ? » Un temps, puis elle reprit doucement : « J'aimerais le voir, si c'est possible. Si vous croyez que la chose est convenable.

— Je vais vous conduire au funérarium des Frères Bien-Aimés. De toute façon, je devais y aller d'ici une heure. »

Kathy hocha la tête et termina son petit déjeuner.

Johnny Barefoot se tenait près de la jeune fille qui observait intensément le cercueil transparent. Il avait la curieuse impression qu'elle allait frapper contre la paroi pour dire : « Réveille-toi, grand-père ! » Et si ça se trouvait, elle réussirait là où les autres avaient échoué.

Herbert Schoenheit von Vogelsang se tordait les mains en balbutiant : « C'est incompréhensible, Mr Barefoot. Nous avons travaillé toute la nuit, à tour de rôle, sans obtenir la moindre étincelle. L'électroencéphalogramme montre une activité cérébrale très faible mais indéniable. L'après-vie est donc là, mais impossible d'établir le contact. Nous avons disposé des palpeurs sur toute la surface du crâne, comme vous pouvez le voir. » Il désigna l'entrelacs de fils, de l'épaisseur d'un cheveu, qui reliaient la tête du mort au dispositif d'amplification entourant le cercueil. « Je ne sais plus quoi faire, monsieur.

— Existe-t-il un métabolisme cérébral mesurable ? demanda Johnny.

— Oui. Nous avons convoqué des experts et ils l'ont détecté. En quantité normale, qui plus est, correspondant exactement à ce qui est attendu aussitôt après la mort. »

Kathy prit la parole d'une voix calme. « Je sais que c'est sans espoir. Il est au-dessus de ça. C'est bon pour les parents âgés, les grands-mères à qui on fait faire un petit tour une fois par an, le jour de la Résurrection. » Elle se détourna du cercueil. « Allons-nous-en », dit-elle à Johnny.

Ils sortirent du funérarium et, sans échanger un mot, se mirent à marcher sur le trottoir. C'était une belle journée de printemps ; les arbres qui jalonnaient la rue étaient couverts de petites fleurs roses. Des cerisiers, estima Johnny.

« La mort, murmura enfin Kathy. Et la renaissance. Un miracle technique. Peut-être qu'après avoir vu ce qu'il y avait de l'autre côté, Louis a changé d'avis… peut-être qu'il n'a tout simplement *pas envie* de revenir.

— Quoi qu'il en soit, dit Johnny, l'étincelle électrique existe. Louis est à l'intérieur de ce cercueil et il pense. » Il laissa Kathy lui prendre le bras pour traverser la rue. « On m'a dit, poursuivit-il à mi-voix, que vous étiez attirée par le mysticisme.

— En effet, répondit Kathy sur le même ton. Voyez-vous, à l'époque où je me droguais, j'ai été victime d'une overdose — peu importe de quoi — et mon cœur a cessé de battre. Pendant plusieurs minutes, j'ai été officiellement et cliniquement morte. On m'a réanimée par un massage cardiaque direct et des électrochocs. Dans cet intervalle de temps, j'ai éprouvé ce que doivent ressentir les personnes ramenées à la semi-vie.

— C'était mieux qu'ici ?

— Non, différent. On aurait dit… un rêve. Rien de vague ni d'irréel. Mais la même logique, avec une sensation d'apesanteur. C'est là la grande différence. On se sent libéré de la gravité. Il est difficile de réaliser l'importance de ce facteur, mais pensez à tous les aspects du rêve qui en découlent.

— Et ça vous a changée.

— J'ai réussi à surmonter la dépendance afférente aux aspects oraux de ma personnalité, si c'est ce que vous voulez dire. J'ai appris à contrôler mes appétits. Mon avidité. » Devant un éventaire de presse, Kathy s'arrêta pour lire les gros titres. « Regardez », dit-elle.

UNE VOIX VENUE DE L'ESPACE
INTRIGUE LES SAVANTS

« Intéressant ! » s'exclama Johnny.

Kathy prit un journal et parcourut l'article correspondant. « Étrange, fit-elle. Ils sont en contact avec une entité vivante et pensante... Tenez, lisez. » Elle lui passa le journal. « Ça me rappelle ce qui m'est arrivé quand je suis morte... J'ai dérivé dans l'espace, loin du système solaire ; j'ai échappé à l'attraction planétaire, puis à celle du soleil. Je me demande de qui il s'agit. » Elle reprit le journal et se pencha à nouveau sur l'article.

« Dix *cents*, monsieur ou madame », récita brusquement le robot vendeur.

Johnny lui jeta une pièce.

« Croyez-vous que c'est mon grand-père ? demanda Kathy.

— J'en doute.

— Je crois que si, dit-elle, le regard lointain, plongée dans ses pensées. Je sais que c'est lui. Regardez, la chose a commencé une semaine après sa mort, et la distance est d'une semaine-lumière. Les périodes coïncident. Et regardez la transcription. » Elle désigna un passage. « Il est question de vous, Johnny, de moi et de Claude Saint Cyr, ce juriste qu'il a mis à la porte, et aussi de la Convention. Tout y est, mais complètement embrouillé. C'est comme ça que les pensées se présentent après la mort : en masse et non les unes à la suite des autres. » Elle sourit à Johnny. « Nous voilà avec un terrible problème. Nous le captons par l'intermédiaire du radiotélescope de l'Abîme Kennedy. Mais lui ne peut pas nous entendre.

— Vous ne croyez quand même pas…

— Oh, que si ! dit-elle sur le ton de l'évidence. Je savais qu'il ne se contenterait pas de l'état de semi-vie. C'est une vie complète qu'il mène maintenant dans l'espace, au-delà du système solaire. Et je ne vois aucun moyen d'intervenir ; quoi qu'il fasse… » Elle se remit en route, suivie de Johnny. « Quoi qu'il fasse, ce sera au moins du niveau de ce qu'il a réalisé sur Terre. Vous pouvez en être sûr. Vous avez peur ?

— Holà ! protesta Johnny, je ne suis même pas convaincu, et encore moins effrayé ! » Pourtant… elle avait peut-être raison. Elle semblait si sûre d'elle. Il ne pouvait pas s'empêcher de se sentir un rien impressionné, un rien convaincu.

« Vous devriez avoir peur, reprit Kathy. Il se peut qu'il soit très puissant là-bas. Il se peut qu'il soit en mesure de faire des tas de choses.

De nous influencer… d'agir sur nos actes, nos paroles, nos pensées. Même sans radiotélescope… il se peut qu'il soit en contact avec nous en ce moment même. De façon subliminale.

— Je n'en crois rien », déclara Johnny. Mais il y croyait malgré lui. Elle avait raison ; c'était exactement le genre de conduite que l'on pouvait attendre de Louis Sarapis.

« Nous en saurons davantage à l'ouverture de la Convention, puisque c'est une de ses préoccupations, dit Kathy. Aux dernières élections, il n'est pas arrivé à faire passer Gam — un des rares échecs de sa carrière.

— Gam ! s'exclama Johnny. Ce ringard ? Serait-il toujours de ce monde ? Il a complètement disparu de la circulation depuis quatre ans…

— Mon grand-père ne renoncera pas à le soutenir, dit Kathy, songeuse. Il vit toujours. Il a un élevage de dindes ou je ne sais quoi sur Io. Peut-être des canards. Il attend.

— Il attend quoi ?

— Que mon grand-père reprenne contact avec lui. Comme il y a quatre ans, au moment de la Convention.

— Personne n'irait revoter pour Gam ! »

N'en croyant pas ses oreilles, il regarda fixement la jeune femme.

Kathy souriait sans rien dire. Mais elle lui serra le bras et se pressa contre lui. Comme si la peur l'avait reprise, songea-t-il, cette peur qu'il avait sentie dans sa voix la nuit précédente, quand il lui avait parlé au téléphone. Mais qui semblait encore accrue.

III

Claude Saint Cyr traversait la salle d'attente de Saint Cyr et Faine Associés pour se rendre au tribunal, quand un homme d'âge mûr se leva pour l'interpeller — élégant, portant beau, il arborait un gilet et une cravate étroite, à l'ancienne mode. « Mr Saint Cyr… »

Ce dernier lui jeta un regard et murmura : « Je suis très pressé ; demandez un rendez-vous à ma secrétaire. » Puis il reconnut le personnage. C'était Alfonse Gam.

« J'ai là un télégramme. De Louis Sarapis. » Il fouilla dans sa poche.

« Je regrette, coupa Saint Cyr. Je travaille avec Mr Phil Harvey à présent. Mes rapports professionnels avec Mr Sarapis ont cessé il y a plusieurs semaines. » Mais la curiosité le retint. Il avait déjà rencontré Gam, à l'époque de la campagne électorale, quatre ans plus tôt ; il l'avait même côtoyé de près — en fait, il l'avait représenté dans plusieurs procès en diffamation, Gam se trouvant être soit le plaignant, soit l'accusé. Il n'aimait pas le bonhomme.

« Ce télégramme m'est parvenu avant-hier, précisa Gam.

— Mais Sarapis est... » Saint Cyr s'interrompit. « Faites voir. » Il tendit la main. Gam lui remit le télégramme.

Il s'agissait d'une déclaration où Sarapis assurait Gam de son soutien sans réserve dans la bataille qui s'annonçait à la prochaine Convention. Et Gam avait raison : le télégramme était bien daté de l'avant-veille. Cela n'avait pas de sens.

« Je n'ai pas d'explication à proposer, Mr Saint Cyr, dit Gam d'un ton sec. Mais c'est bien le style de Louis. Il veut que je fasse de nouveau acte de candidature. Comme vous pouvez le constater. J'étais bien loin d'y penser ; personnellement, je me suis retiré de la vie politique pour me consacrer à l'élevage de pintades. Je me suis dit que vous seriez peut-être au courant, que vous sauriez qui a expédié ce télégramme et pourquoi. » Il ajouta : « À supposer que ce ne soit pas ce vieux Louis.

— Comment aurait-il pu l'expédier ? demanda Saint Cyr.

— En le rédigeant avant sa mort et en chargeant une autre personne de l'expédier à une date convenue. Vous, peut-être. » Gam haussa les épaules. « Non, de toute évidence, ce n'était pas vous. Peut-être Mr Barefoot ? » Il tendit la main pour reprendre le télégramme.

« Avez-vous vraiment l'intention de présenter votre candidature ? s'enquit Saint Cyr.

— Si Louis le désire.

— Pour subir un nouvel échec ? Pour conduire de nouveau le parti à la défaite, simplement parce qu'un vieillard vindicatif et obstiné… » Saint Cyr n'acheva pas sa phrase. « Retournez donc élever vos pintades. Laissez tomber la politique. Vous êtes un perdant, Gam. Tout les membres du parti le savent. Toute l'Amérique, en fait.

— Comment puis-je joindre Mr Barefoot ?

— Je n'en ai aucune idée. » Saint Cyr fit un pas vers la porte.

« J'ai besoin d'un conseil juridique.

— Pour quelle raison ? Avec qui êtes-vous en procès ? Vous n'avez pas besoin de conseil juridique, Gam ; vous avez besoin d'un médecin, d'un psychiatre qui vous explique pourquoi vous voulez de nouveau être candidat. Écoutez-moi... » Il se pencha vers Gam. « Si Louis n'a pas pu vous faire élire de son vivant, comment en serait-il capable maintenant qu'il est mort ? » Et il le planta là.

« Attendez. »

À regret, Saint Cyr se retourna.

« Cette fois je serai élu », affirma Gam. Il semblait convaincu de ce qu'il disait ; sa voix, d'ordinaire ténue et mal assurée, était ferme.

« Eh bien, bonne chance. Pour vous et pour Louis, dit Saint Cyr, mal à l'aise.

— Donc il *est* vivant. » Les yeux de Gam cillèrent.

« Je n'ai pas dit cela. J'ironisais.

— Il est vivant, j'en suis sûr, fit Gam, songeur. J'aimerais bien savoir où il se trouve. J'ai rendu visite à divers funérariums, mais je ne l'ai trouvé nulle part ; en tout cas, s'il y était, on n'a pas voulu m'en informer. Je vais continuer mes recherches. Je veux m'entretenir avec lui. » Il ajouta : « C'est pour cela que je suis venu de Io. »

Saint Cyr réussit enfin à se débarrasser de lui et à s'éclipser. *Quel médiocre*, se dit-il. *Une nullité, une simple marionnette entre les mains de Louis.* Il frissonna. *Dieu nous protège d'avoir un homme pareil pour Président !*

Imaginons qu'on devienne tous *semblables à Gam !*

Une pensée peu agréable ; guère propre à l'inspirer pour une journée qui s'annonçait plutôt rude.

En tant que conseiller juridique de Phil Harvey, il était chargé de faire une proposition à Kathy Sharp, ex-Kathy Egmont, au sujet des Assurances Wilhelmina. Le but était de redistribuer les actions afin d'assurer à Harvey le contrôle de Wilhelmina. La valeur de la compagnie n'étant pas chiffrable, Harvey ne proposait pas d'argent en échange, mais des biens fonciers. Il possédait sur Ganymède d'immenses territoires, dont le gouvernement de l'Union soviétique lui avait fait don dix ans auparavant en remerciement de l'assistance technique qu'il avait fournie à ce pays et à ses colonies.

Les chances que Kathy accepte le marché étaient égales à zéro.

N'empêche qu'il fallait faire cette offre. L'étape suivante — dont la seule pensée lui faisait rentrer la tête dans les épaules — impliquait une lutte à mort, en termes de compétition économique, entre la compagnie de transports d'Harvey et celle de la jeune femme. Or, du côté de Kathy, il le savait, la situation n'était pas plus des plus brillantes ; depuis la mort du vieux Louis, il y avait du tirage avec les syndicats. Ce que ce dernier redoutait le plus était en cours : les dirigeants syndicaux avaient lancé leur offensive contre l'Archimédienne.

Pour sa part, Saint Cyr avait de la sympathie pour les syndicats. Il était temps pour eux d'occuper le devant de la scène. Seules les manœuvres sans scrupule et l'énergie sans limite du vieillard, sans parler de son imagination aussi fertile qu'impitoyable, avaient réussi à les contenir. Kathy ne possédait pas de telles ressources. Quant à Johnny Barefoot… *Que peut-on attendre d'un individu qui n'a pas fait d'études ?* rumina-t-il, caustique. *Qu'il transforme le plomb de la médiocrité en l'or d'une brillante stratégie ?*

Et puis il était bien trop occupé à restaurer

l'image de Kathy auprès du public ; il avait à peine obtenu quelques résultats quand la grogne syndicale avait éclaté. Une ex-droguée, une fondue de mysticisme, une femme ayant un casier judiciaire… Johnny avait du pain sur la planche.

C'était avec l'apparence physique de la jeune femme qu'il avait eu le plus de succès. Elle avait un air doux, empreint de gentillesse, voire de pureté ; presque de sainteté. Johnny en avait tiré parti. Au lieu de publier ses déclarations dans la presse, il avait répandu des photos d'elle, plus édifiantes les unes que les autres : avec des chiens, des enfants, dans les foires régionales, les hôpitaux, participant à des campagnes de charité — la totale.

Malheureusement, Kathy avait saboté l'image qu'il avait fabriquée d'elle, et cela d'une façon fort insolite.

Kathy prétendait — tout simplement — qu'elle était en communication avec son grand-père. Que c'était lui qui se trouvait à une semaine-lumière dans l'espace, sa voix que captait le radiotélescope de l'Abîme Kennedy. Elle l'entendait comme le reste du monde… et par l'effet de quelque miracle, lui l'entendait en retour.

Dans l'ascenseur montant vers la terrasse où était garé son hélico, Saint Cyr éclata de rire. La folie mystique de Kathy n'avait pu être dissimulée aux colporteurs de ragots… Elle avait fait trop de déclarations dans des lieux publics, restaurants et bars célèbres. Même avec Johnny à ses côtés. Même lui était incapable de l'empêcher de dire n'importe quoi.

Il y avait également eu cet incident au cours d'une réception où elle s'était déshabillée en prétendant que l'heure de la purification était venue. Elle avait barbouillé diverses parties de son corps de vernis à ongles, comme si elle accomplissait une cérémonie rituelle… Naturellement, elle avait beaucoup bu.

Et c'est la femme qui dirige l'Archimédienne, pensa Saint Cyr.

La femme que nous devons chasser, pour notre bien et *pour le bien public*. À ses yeux, c'était pratiquement un mandat à remplir au nom du peuple. Une œuvre de salubrité publique. Et le seul à ne pas partager ce point de vue était Johnny.

Johnny l'aime bien, voilà ce qui se passe. Je me demande ce qu'en pense Sarah Belle.

Le cœur léger, Saint Cyr grimpa dans son

hélico, referma la portière et mit le contact. Puis il repensa à Alfonse Gam, et sa bonne humeur s'estompa.

Deux personnes, réfléchit-il, *agissent en partant du principe que le vieux Louis Sarapis est vivant : Kathy Egmont Sharp et Alfonse Gam.*

Deux êtres peu recommandables, en plus. Et malgré lui, il était forcé de s'associer à eux. C'était apparemment son destin.

Ma situation n'est pas meilleure que du temps du vieux Louis. Par certains côtés, elle est même pire.

L'hélico prit son essor, en route vers le centre-ville de Denver, où se trouvaient les bâtiments de la firme de Phil Harvey.

Comme il était en retard, il brancha le petit émetteur, prit le micro et lança un appel à Harvey, « Phil, m'entendez-vous ? Ici Saint Cyr, je me dirige vers l'ouest. » Il attendit la réponse.

Au bout d'un moment, il perçut une bizarre cacophonie en provenance du haut-parleur, un murmure lointain qui ressemblait à un vague fatras de mots. Il reconnut cette bouillie sonore ; il en avait déjà eu des échantillons à l'occasion de tel ou tel journal télévisé.

« ... malgré les attaques qui cherchent à vous

discréditer, vous êtes très supérieur à Chambers, à qui on ne ferait même pas confiance pour être portier dans une maison close. Gardez confiance, Alfonse. Le peuple sait reconnaître les hommes de valeur. Attendez. La foi déplace les montagnes. Je sais de quoi je parle, voyez ce que j'ai réalisé dans mon existence... »

C'était l'entité située à une semaine-lumière qui émettait à présent un signal toujours plus puissant. Comme les taches solaires, il parasitait les transmissions normales. Saint Cyr poussa un juron, se renfrogna et coupa l'appareil.

Il brouille les communications, se dit-il. *C'est sûrement illégal ; il faudra que j'en parle à la Commission fédérale des communications.*

Fortement ébranlé, il poursuivit sa route au-dessus d'une région de terres cultivées.

Mon Dieu, pensa-t-il, *ça ressemblait bien à la voix du vieux Louis !*

Était-il possible que Kathy Egmont Sharp ait raison ?

Johnny Barefoot arriva à son rendez-vous avec Kathy au siège de l'Archimédienne, dans le Michigan. Il la trouva dans un état extrêmement dépressif.

« Vous ne comprenez donc pas ce qui se passe ? » lui lança-t-elle du fond du bureau qui avait été celui de Louis. « Je dirige l'entreprise d'une façon lamentable. Tout le monde le sait. Pas vous ? » Elle le regardait avec des yeux fous.

« Non », répondit Johnny. Mais au fond de lui, il devait reconnaître qu'elle avait raison. « Restez calme et asseyez-vous, poursuivit-il. Harvey et Saint Cyr seront ici d'une minute à l'autre, et il est impératif que vous contrôliez vos nerfs en leur présence. » Il aurait voulu lui éviter cette rencontre. Mais il s'était rendu compte qu'il faudrait tôt ou tard en passer par là, et il avait laissé Kathy donner son accord.

« J'ai quelque chose d'affreux à vous apprendre, dit la jeune femme.

— De quoi s'agit-il ? Ça ne peut pas être si affreux. » Il retint son souffle, redoutant le pire.

« J'ai recommencé à me droguer, Johnny. Toute cette responsabilité, cette tension ; c'est trop pour moi. Je suis désolée. » Elle baissa tristement les yeux.

« Vous prenez quoi comme drogue ?

— J'aimerais mieux ne pas le dire. Des amphétamines. J'ai lu ce qu'on a écrit à leur sujet ; je sais qu'elles peuvent engendrer des psychoses quand on en arrive aux doses où j'en suis. Mais ça m'est égal. » Haletante, elle lui tourna le dos. Il vit alors à quel point elle avait maigri. Et il y avait ce visage émacié, ces yeux creux ; désormais il en comprenait la cause. Les amphétamines faisaient fondre son corps, convertissant la matière en énergie. À mesure que la dépendance se réinstallait, son métabolisme altéré la transformait en pseudo-hyperthyroïdienne — tous les processus somatiques se trouvaient accélérés.

« Je suis vraiment navré », dit Johnny. Il avait redouté cette éventualité. Pourtant il n'avait rien vu venir ; il avait fallu que ce soit Kathy qui l'informe. « Vous devriez voir un médecin », ajouta-t-il. Il se demanda où elle se procurait la drogue. Mais pour elle, compte tenu de ses années d'expérience, ce ne devait pas être difficile.

Il s'approcha d'elle et lui mit la main sur l'épaule. « Écoutez, quand Harvey et Saint Cyr seront là, je crois que vous feriez bien d'accepter leur offre.

— Ah, dit-elle en hochant la tête. Très bien.

— Ensuite, je veux que vous vous fassiez hospitaliser.

— Le nid de coucous, commenta Kathy d'un ton amer.

— Vous serez mieux une fois débarrassée des responsabilités que vous avez ici, à l'Archimédienne. Il vous faut un repos prolongé. Vous êtes mentalement et physiquement épuisée... mais tant que vous prendrez des amphétamines...

— ... je tiendrai le coup, acheva la jeune femme. Johnny, je ne peux pas vendre à Harvey et Saint Cyr.

— Pourquoi ?

— Ce serait contraire à la volonté de Louis. Il... » Elle marqua une longue pause. « Il dit non.

— Mais votre santé... votre vie... objecta Johnny.

— Ma raison, vous voulez dire.

— Vous avez bien trop à perdre. Au diable Louis ! Au diable l'Archimédienne ! Vous voulez vous retrouver en semi-vie dans un funérarium ? Ça n'en vaut pas la peine ; il ne s'agit là que de biens matériels, alors que vous êtes un être vivant. »

Elle sourit. À ce moment une lampe s'alluma sur le bureau et un interphone bourdonna. « Mr Harvey et Mr Saint Cyr sont ici, Mrs Sharp. Dois-je les faire entrer?

— Oui. »

La porte s'ouvrit et les deux hommes s'empressèrent d'entrer. « Salut, Johnny », dit Saint Cyr. Il paraissait sûr de lui ; tout comme Harvey, à ses côtés.

« Je laisserai à Johnny le soin de mener la plus grande partie de l'entretien », annonça Kathy.

Il la regarda. Cette phrase signifiait-elle qu'elle était d'accord pour vendre ? « Quel genre de marché avez-vous en tête ? attaqua-t-il. Qu'offrez-vous en échange d'une participation majoritaire au sein des Assurances Wilhelmina ? J'ai du mal à l'imaginer.

— Ganymède, répondit Saint Cyr. Une planète entière. Ou presque.

— Je vois, dit Johnny. La concession territoriale que vous avez reçue de l'U.R.S.S. A-t-elle été approuvée par les instances internationales ?

— Parfaitement, dit Saint Cyr. Et reconnue valide. Sa valeur est inestimable. Et chaque année elle ne fera qu'augmenter, voire doubler. C'est une proposition solide, Johnny. Nous nous connaissons assez pour que vous sachiez que je dis vrai. »

Probable, estima Johnny. Sous bien des aspects, c'était une offre généreuse ; Harvey n'essayait pas de blouser Kathy.

« Parlant au nom de Mrs Sharp... », commença Johnny. Mais Kathy lui coupa la parole.

« Non ! dit-elle vivement. Je ne peux pas vendre. Il ne veut pas.

— Vous m'avez laissé toute autorité pour négocier, Kathy, observa Johnny.

— Eh bien, je vous la retire, répliqua-t-elle sèchement.

— Si je dois continuer à travailler avec vous et pour vous, il faudra suivre mes conseils. Nous étions d'accord pour... »

La sonnerie du téléphone retentit.

« Écoutez-le vous-même », déclara la jeune femme. Elle décrocha et lui tendit le récepteur. « Il va vous expliquer tout ça. »

Johnny porta le récepteur à son oreille. « Qui est à l'appareil ? » demanda-t-il. Il entendit alors un bourdonnement. Inquiétant et lointain, comme si on grattait un long fil métallique.

« ... impératif de garder la majorité. Votre opinion est absurde. Elle peut se reprendre ; elle a les qualités voulues. Vous cédez à l'affolement ; vous avez peur parce qu'elle est malade. Un bon médecin peut la remettre d'aplomb. Trouvez-en un ; obtenez son concours. Assurez-vous les services d'un juriste pour qu'elle ne tombe pas sous le coup de la loi. Coupez-lui sa source d'approvisionnement en drogue. Insistez sur… » Johnny écarta le récepteur de son oreille, refusant d'en supporter davantage. Il raccrocha en tremblant.

« Vous l'avez entendu, dit Kathy. N'est-ce pas ? *C'était Louis.*

— Oui, admit Johnny.

— Il a pris des forces, continua la jeune femme. Maintenant nous le captons en direct ; plus seulement par l'intermédiaire du radiotélescope de l'Abîme Kennedy. Je l'ai entendu hier soir, clairement, pour la première fois, au moment d'aller me coucher. »

Johnny se tourna vers Saint Cyr et Harvey. « Nous allons devoir réfléchir à votre proposition, c'est évident. Évaluer les biens fonciers que vous offrez. Et de votre côté, vous voudrez sûrement examiner les comptes de la Wilhelmina. Tout cela prendra du temps. » Il sentait sa voix chevroter ; il ne s'était pas remis du choc qu'il avait éprouvé en entendant au téléphone la voix de Louis Sarapis.

Après s'être entendu avec Saint Cyr et Harvey pour les revoir un peu plus tard dans la journée, Johnny emmena Kathy prendre un petit déjeuner tardif ; elle avait avoué à contrecœur n'avoir rien mangé depuis la veille au soir.

« Je n'ai tout simplement pas faim, dit-elle en picorant dans son assiette d'œufs au bacon et toasts à la confiture.

— Même si c'était bien Louis Sarapis, déclara Johnny, vous ne…

— Il n'y a pas de si ! le coupa-t-elle. Vous savez parfaitement que c'est lui. Sa puissance augmente sans cesse. Peut-être un effet du soleil.

— Admettons que ce soit Louis, concéda-t-il. N'empêche qu'il vous faut agir dans votre intérêt et non le sien.

— Ses intérêts et les miens se confondent. Ils passent par le maintien de l'Archimédienne sous notre contrôle.

— Peut-il vous venir en aide ? Vous apporter ce qui vous manque ? Il ne prend pas au sérieux votre toxicomanie, c'est évident. Tout cela se résumait à un sermon à mon intention. » Il sentait la colère l'envahir. « On ne peut pas dire qu'il nous aide beaucoup, vous ou moi, dans la situation présente.

— Johnny, je le sens tout le temps près de moi. Je n'ai pas besoin de la télévision ni du téléphone… je le *sens*. C'est mon côté mystique, je pense. Mon intuition religieuse. Cela m'aide à maintenir le contact avec lui. » Elle but une gorgée de jus d'orange.

« C'est la psychose amphétaminique, oui ! lui assena brutalement Johnny.

— Je n'irai pas à l'hôpital, Johnny. Je ne me ferai pas interner. Je suis malade, mais pas à ce point. Je peux me sortir de cette rechute par moi-même parce que je ne suis pas seule. J'ai mon grand-père et… » Elle sourit. « Je vous ai, vous ! Malgré Sarah Belle.

— Vous ne me garderez pas, Kathy, répondit-il calmement. À moins de vendre à Harvey. D'accepter les territoires de Ganymède.

— Vous me quitteriez ?

— Oui. »

Après un silence, elle reprit : « Mon grand-père dit : "Tant pis, il n'a qu'à s'en aller." » Ses yeux étaient sombres, dilatés et glacés.

« Je ne crois pas qu'il parlerait ainsi.

— Dans ce cas, vérifiez auprès de lui.

— Comment cela ? »

Kathy désigna le téléviseur dans le coin du restaurant. « Allumez-le et écoutez. »

Johnny se leva. « Inutile ; j'ai déjà pris ma décision. Je serai à mon hôtel au cas où vous changeriez d'avis. » Il la laissa seule à table. Allait-elle le rappeler ? Il prêta l'oreille en s'éloignant. Mais elle resta muette.

Il fut bientôt dehors. Il avait voulu bluffer. Mais elle l'avait pris au mot, et il s'était retrouvé au pied du mur. Il avait bel et bien donné sa démission.

Assommé, il marcha au hasard. Pourtant… il avait raison. Il le savait. Simplement… Saleté, pensa-t-il. Pourquoi n'avait-elle pas cédé ? À cause de Louis, évidemment. Sans l'intervention du vieillard, elle aurait accepté le marché, échangé ses actions majoritaires contre les territoires de Ganymède. Saleté de Sarapis, plutôt, se dit-il avec fureur.

Et maintenant, que faire ? Retourner à New York ? Chercher un emploi ? Proposer ses services à Alfonse Gam, par exemple ? Il y avait de l'argent à gagner s'il pouvait se faire embaucher. Ou bien au contraire demeurer dans le Michigan, en espérant que Kathy changerait d'avis ?

Elle ne tiendra pas le coup, décréta-t-il. *Quels que soient les conseils de Sarapis. Ou ce qu'elle considère comme tel. Va savoir de quoi il s'agit réellement.*

Il héla un taxi et donna au conducteur l'adresse de son hôtel. Peu après, il pénétrait dans le hall de l'Antler et regagnait la chambre qu'il avait quittée tôt dans la matinée, la pièce inhospitalière où il n'aurait d'autre ressource qu'attendre l'hypothétique appel de Kathy. Cette fois, il n'était plus question de rendez-vous.

Juste comme il arrivait devant sa chambre, il entendit sonner le téléphone.

Johnny resta un moment sur le pas de la porte, la clé à la main, écoutant le bruit strident qui s'obstinait. *Est-ce Kathy ?* se demandait-il. *Ou bien lui ?*

Il introduisit la clé dans la serrure et entra. Puis, décrochant d'un geste vif : « Allô ? »

La voix lointaine et ronronnante poursuivait son soliloque, l'éternelle récitation dont elle se berçait. « … pas bien du tout de la quitter, Barefoot. C'est une véritable trahison ; je vous croyais conscient de vos responsabilités. Vous avez envers elle les mêmes devoirs qu'envers moi, et moi, vous ne m'auriez jamais laissé tomber sur un coup de tête. C'est exprès que j'ai mis mon corps à votre disposition, pour m'assurer de votre fidélité. Vous ne pouvez pas... » Là, Johnny raccrocha, frigorifié.

Aussitôt la sonnerie reprit.

Cette fois il ne décrocha pas. *Va te faire voir !* s'exclama-t-il intérieurement. Il s'approcha de la fenêtre et contempla la rue en contrebas, se souvenant d'une conversation avec Louis, des années auparavant, qui était restée gravée dans son esprit. Il en était ressorti que s'il n'avait pas réussi à faire des études, c'était parce qu'en fait il avait envie de mourir. Les yeux fixés sur la rue, il songea : *Pourquoi ne pas sauter ? Au moins, c'en serait fini des coups de téléphone... c'en serait fini de tout ça !*

Le pire, se dit-il, *c'est sa* sénilité. *Ses pensées ne sont ni claires ni précises ; elles ont le côté irrationnel des rêves. Le vieux n'est pas réellement vivant, il n'est même pas en état de semi-vie. Sa conscience sombre peu à peu dans les ténèbres. Et nous sommes obligés de suivre le déroulement de cette déchéance, étape par étape, jusqu'à la mort totale, définitive.*

Mais même dans cet état de dégénérescence mentale, il éprouvait des désirs. Il exerçait sa *volonté* — et avec quelle puissance —, il avait des exigences auxquelles il voulait le plier lui, ainsi que Kathy ; ce qui subsistait de Louis Sarapis était suffisamment énergique et intelligent pour trouver des moyens de le poursuivre, d'obtenir ce qu'il voulait. C'était une sorte de caricature des envies qui avaient animé Louis au temps où il était vivant, mais il était difficile d'en ignorer l'existence, et à plus forte raison d'y échapper.

Le téléphone continuait de sonner.

Et si ce n'était plus Louis, mais Kathy ? Il souleva le récepteur. Et raccrocha aussitôt. Il avait reconnu le bourdonnement, les fragments de personnalité de Louis Sarapis… Il frissonna. Cette voix se faisait-elle entendre seulement ici ? Était-elle sélective ?

Il avait la pénible impression que non.

Il alla allumer le téléviseur à l'autre bout de la pièce. L'écran s'éclaira, mais l'image restait étrangement floue. On distinguait les contours vagues… d'un visage, semblait-il.

Et tout le monde voit la même chose, s'avisa-t-il. Il changea de chaîne. Même visage aux traits imprécis ; le vieillard était là, à demi matérialisé sur l'écran. Et du haut-parleur sortait son sempiternel marmonnement : « … je vous ai cent fois répété que votre responsabilité première était de... » Johnny éteignit le téléviseur ; les mots et le visage brouillé retombèrent dans le néant. Seule demeura la sonnerie du téléphone.

Il saisit le récepteur. « Louis, vous m'entendez ?

— ... au moment de l'élection, ils verront. Un homme qui a le courage d'entamer une seconde campagne, d'assumer les risques financiers, car il n'y a que les riches qui peuvent se permettre de faire face aux frais d'une candidature... » La voix poursuivait sa litanie. Non, le vieillard ne l'entendait pas. Ce n'était pas une conversation mais un monologue. Il n'y avait pas de véritable communication.

Et pourtant Sarapis était au courant de ce qui se passait sur Terre ; il avait compris, et même, d'une manière ou d'une autre, il avait vu que Johnny avait quitté son poste.

Barefoot reposa le récepteur, s'assit et alluma une cigarette.

Je ne peux pas reprendre ma place auprès de Kathy, à moins de changer d'avis et de lui conseiller de ne pas vendre. Ce qui est impossible. Hors de question. Qu'est-ce qu'il me reste à faire ?

Pendant combien de temps Sarapis peut-il me traquer ? Où me réfugier ?

Il s'approcha une fois de plus de la fenêtre et contempla la rue.

Claude Saint Cyr s'arrêta devant un présentoir de presse, jeta quelques pièces de monnaie et prit le journal.

« Merci, monsieur ou madame », dit le robot vendeur.

L'article de tête... Saint Cyr cligna des yeux, se demanda s'il perdait la raison. Il n'arrivait pas à comprendre ce qu'il lisait — ou plutôt ce qu'il était incapable de lire. Cela n'avait aucun sens ; le système d'imprimerie homéostatique, le journal à microrelais entièrement automatisé était manifestement en dérangement. Il ne distinguait qu'une suite de mots aléatoire. Pire que *Finnegans Wake*.

Mais était-ce vraiment un effet du hasard ? Un paragraphe attira son attention.

> À la fenêtre de l'hôtel, prêt à sauter dans le vide. Si vous voulez monter d'autres affaires avec elle, vous feriez bien d'y aller. Elle dépend de lui, elle a besoin d'un homme depuis que son mari, Paul Sharp, l'a abandonnée. Hôtel Antler, chambre 604. Je crois que vous avez le temps. Johnny est

trop impulsif ; il n'aurait pas dû essayer de bluffer. Quand on est de mon sang, on ne se laisse pas avoir au bluff, et elle est de mon sang, je

Saint Cyr dit en hâte à Harvey qui se tenait à ses côtés : « Johnny Barefoot se trouve dans une chambre à l'hôtel Antler et se prépare à sauter par la fenêtre. C'est le vieux Sarapis qui nous prévient. Il faut y aller. »

Harvey tourna les yeux vers lui. « Barefoot est de notre côté ; on ne peut pas le laisser se suicider. Mais pour quelle raison Sarapis…

— Ne perdons pas de temps ! » dit Saint Cyr en s'élançant vers son hélico. Harvey le suivit en courant.

IV

Brusquement le téléphone cessa de sonner. Johnny se retourna… et vit Kathy Sharp qui venait de décrocher. « Il m'a appelée, expliqua-t-elle. Il m'a dit où vous étiez et ce que vous vous prépariez à faire.

— Rien du tout ! Je ne me préparais à rien du tout. » Il s'écarta de la fenêtre.

« Il pensait que si.

— Ce qui prouve qu'il peut se tromper. » Voyant que sa cigarette s'était consumée jusqu'au filtre, il l'écrasa dans le cendrier posé sur la commode.

« Mon grand-père a toujours eu de l'affection pour vous, continua Kathy. Il ne voudrait pas qu'il vous arrive malheur. »

Johnny haussa les épaules. « Pour ma part, je n'ai plus rien à voir avec Louis Sarapis. »

Kathy avait porté le récepteur à son oreille et ne faisait plus attention à lui. Elle écoutait son grand-père. Il cessa de parler, puisque cela ne servait à rien.

« Il dit, annonça Kathy, que Claude Saint Cyr et Phil Harvey sont en route. Il leur a demandé de venir, à eux aussi.

— C'est gentil de sa part, dit-il sèchement.

— Moi aussi j'ai de l'affection pour vous, Johnny. Je vois ce que mon grand-père aimait et admirait en vous. Vous voulez vraiment défendre mes intérêts, n'est-ce pas ? Je pourrais peut-être me faire hospitaliser. Pour une courte période en tout cas, une semaine… quelques jours.

— Ce serait suffisant ?

— Peut-être. » Elle lui tendit le récepteur. « Il veut vous parler. Vous feriez bien de l'écouter. De toute façon, il trouvera toujours le moyen de vous atteindre. Vous le savez parfaitement. »

À regret, Johnny prit l'appareil.

« … Malheureusement vous n'avez plus de travail et c'est ce qui vous déprime. L'oisiveté vous donne un sentiment d'insignifiance ; c'est dans votre caractère. Cela me plaît. Je suis fait du même bois. Écoutez, j'ai du travail pour vous. À la Convention. Vous orchestrerez le battage pour que Gam reçoive l'investiture ; je suis sûr que vous ferez du bon boulot. Appelez Gam. Appelez Alfonse Gam. Johnny, appelez Gam. Appelez… »

Il raccrocha.

« J'ai du travail, annonça-t-il à Kathy. Je vais m'occuper de la propagande de Gam. Enfin, c'est ce que dit Louis.

— Vous accepteriez ? Vous prendriez en main les relations publiques pour la Convention ? »

Il haussa les épaules. Pourquoi pas ? Gam avait les moyens ; il le paierait bien. Après tout, il valait bien le président Kent Margrave. Et puis… *Il faut absolument que je travaille*, s'avisa-t-il. *Il faut que je vive. J'ai une femme et deux enfants ; pas question de rigoler.*

« Croyez-vous que Gam ait une chance cette fois ? demanda Kathy.

— Non, je ne pense pas. Mais en politique il se produit parfois des miracles ; rappelez-vous l'incroyable retour de Nixon en 1968.

— Quelle est la meilleure tactique pour Gam ? »

Il la lorgna. « J'en discuterai avec lui. Pas avec vous.

— Vous continuez de m'en vouloir parce que je refuse de vendre, remarqua Kathy avec calme. Écoutez, Johnny, supposez que je vous confie la direction de l'Archimédienne. »

Au bout d'un moment, il demanda : « Qu'est-ce que Louis en dit ?

— Je ne lui ai pas posé la question.

— Vous savez bien qu'il répondra non. Je suis trop inexpérimenté. Je sais comment l'affaire fonctionne, naturellement ; j'y ai participé dès le début. Mais…

— Ne vous sous-estimez pas, dit Kathy à mi-voix.

— Je vous en prie, pas de sermon. Essayons

de rester amis… sereinement et en gardant nos distances. » *S'il y a une chose que je ne peux pas supporter*, pensa-t-il, *c'est de me faire donner des leçons par une femme.*

La porte de la chambre s'ouvrit à la volée ; Saint Cyr et Harvey firent irruption. Ils virent Kathy, puis Johnny, et leurs épaules s'affaissèrent. « Si je comprends bien, il vous a dit de venir à vous aussi, lâcha Saint Cyr en s'efforçant de reprendre sa respiration.

— Oui, fit Kathy. Il était très inquiet pour Johnny. » Elle lui tapota le bras. « Voyez comme vos amis sont nombreux. À la fois attentionnés et sereins.

— Oui », reconnut-il, mais pour une raison qu'il ignorait il se sentait profondément, affreusement triste.

L'après-midi du même jour, Claude Saint Cyr prit le temps de se poser près de la demeure d'Élektra Harvey, l'ex-épouse de son nouveau patron.

« Écoute, chérie, lui dit-il, je fais de mon mieux pour défendre tes intérêts dans cette affaire. Si je réussis… » Il l'enlaça et la serra contre lui. « Tu récupéreras une partie de ce que tu as perdu. Pas la totalité, mais assez pour te rendre la vie un peu plus belle. » Il l'embrassa, et comme d'habitude elle lui rendit son baiser ; elle se tortilla avec une redoutable efficacité, l'attira sur elle, se pressa contre lui d'une façon étrangement troublante. Non seulement ce fut très agréable, mais cela dura longtemps. Et ce ne fut pas comme d'habitude.

Enfin Élektra se dégagea et demanda : « À propos, pourrais-tu me dire ce qui cloche avec le téléphone et la télévision ? Impossible de passer un appel… on dirait qu'il y a toujours quelqu'un en ligne. Et l'image qu'on a à l'écran… elle est floue, déformée, et c'est toujours la même : une espèce de *visage*.

— Ne t'inquiète pas, dit Claude. On y travaille. On fait des recherches. » Des hommes à sa solde se rendaient de funérarium en funérarium ; on finirait bien par trouver le corps de Louis. Et c'en serait fini de cette aberration… au soulagement général.

Élektra se dirigea vers le bar pour préparer les cocktails. « Phil est-il au courant de nos relations ? » Elle dosa soigneusement le bitter dans les verres à whisky, trois gouttes pour chaque ration.

« Non, dit Saint Cyr, et de toute façon, ça ne le regarde pas.

— Mais Phil nourrit de fortes préventions envers ses ex-épouses. Ça ne lui plairait pas. Il te soupçonnerait de déloyauté ; étant donné qu'il me déteste, tu es censé partager son antipathie. C'est ce que Phil appelle l'intégrité.

— Je suis ravi de l'apprendre, mais je n'y peux pas grand-chose. De toute façon, il ne découvrira jamais rien.

— N'empêche que quelque chose me tracasse, dit Élektra en lui tendant son verre. J'étais en train d'essayer de régler la télé et… tu vas trouver ça complètement fou, mais j'ai eu l'impression… » Elle marqua un temps. « Eh bien, il m'a semblé que le présentateur parlait de nous. Mais on aurait dit qu'il bredouillait, ou alors le son était mauvais. En tout cas, je crois bien avoir entendu mon nom… et le tien. » Elle le regardait avec gravité, en réajustant distraitement la bretelle de sa robe.

Il en eut froid dans le dos. « C'est ridicule, ma chérie. » Il alla allumer le téléviseur.

Bon sang, pensa-t-il, *Louis Sarapis serait-il donc* partout *? Est-ce qu'il voit tout ce que nous faisons depuis son espèce de retraite au fond de l'espace ?*

Ce n'était pas une pensée réconfortante, surtout dans la mesure où il cherchait à faire conclure à la petite-fille de Louis une affaire que le vieux désapprouvait.

Il cherche à se venger de moi, se dit Saint Cyr tout en s'efforçant, les doigts gourds, de régler la réception de l'image.

« À vrai dire, Mr Barefoot, je comptais vous appeler, dit Alfonse Gam. J'ai reçu de Louis Sarapis un télégramme où il me conseille de faire appel à vos services. Je crois toutefois qu'il nous faudra jouer sur des thèmes entièrement nouveaux. Margrave a une confortable avance sur nous.

— Exact, acquiesça Johnny. Mais soyons réalistes ; cette fois nous aurons de l'aide. Celle de Louis Sarapis.

— Louis m'a soutenu la dernière fois, fit remarquer Gam, et ça n'a pas suffi.

— Cette fois, son appui sera fort différent. » *Après tout*, pensa Johnny, *le vieux contrôle tous les médias, journaux, radio et télévision, même le téléphone. Avec un pareil pouvoir, Louis pourra faire presque tout ce qu'il voudra.*

Il n'a pratiquement pas besoin de moi, conclut-il avec ironie. Mais il se garda de faire part de cette réflexion à Gam ; apparemment, ce dernier ne comprenait pas ce qui se passait avec Louis. Et puis un emploi était un emploi.

« Avez-vous regardé la télévision récemment ? demanda Gam. Essayé de téléphoner, ou même acheté un journal ? Partout on retrouve les mêmes discours confus. Si c'est bien Louis qui parle, il ne nous sera pas d'un grand secours à la Convention. Il… il a perdu les pédales. Il radote.

— Je sais, dit prudemment Johnny.

— J'ignore quels projets Louis avait faits pour sa semi-vie, mais je crains qu'il ne se soit fourvoyé », reprit Gam, l'air morose. Il n'avait pas l'air d'un homme qui s'attend à gagner les élections. « L'admiration que vous vouez à Louis est assurément plus grande que la mienne, au stade où nous en sommes. À dire vrai, Mr Barefoot, j'ai eu une longue conversation avec Saint Cyr, et j'ai trouvé sa vision des choses profondément décourageante. Je suis décidé à me battre, mais franchement… » Il fit un geste. « Claude Saint Cyr ne m'a pas envoyé dire que j'étais vaincu d'avance.

— Vous allez le croire sur parole ? Il se trouve dans l'autre camp maintenant, avec Phil Harvey. » Johnny était étonné de le voir aussi naïf et influençable.

« Je lui ai répondu que j'allais gagner, murmura Gam. Mais sincèrement, ce radotage perpétuel qu'on entend dès qu'on allume la télévision ou qu'on décroche le téléphone... c'est épouvantable. Ça me décourage ; ça me donne envie de fuir au bout du monde.

— Je comprends, dit Johnny après un silence.

— Louis n'était pas comme ça autrefois, poursuivit Gam d'un ton plaintif. Il ne fait plus que ressasser. Et puis, même s'il peut me faire élire... en ai-je vraiment envie ? Je suis fatigué, Mr Barefoot. Très fatigué. » Un silence s'ensuivit.

« Si vous comptiez sur moi pour vous remonter le moral, vous n'avez pas frappé à la bonne porte », dit Johnny. La voix au téléphone et à la télévision lui faisait le même effet. Il se sentait incapable de réconforter Gam.

« Vous êtes un spécialiste des relations publiques, dit Gam. Ne pouvez-vous faire naître l'enthousiasme à partir de rien ? Emplissez-moi de conviction, Barefoot, et je convaincrai les gens. » Il tira un télégramme de sa poche. « Voilà ce que j'ai reçu de Louis l'autre jour. Apparemment, il peut s'immiscer dans les lignes télégraphiques comme dans les autres moyens de communication. » Il tendit le télégramme à Johnny, qui le lut.

« À ce moment-là, ses pensées étaient plus cohérentes, observa-t-il.

— C'est ce que je voulais dire ! Il se dégrade rapidement. Lorsque la Convention commencera — c'est-à-dire après-demain — à quel stade en sera-t-il ? J'ai l'impression qu'il va se passer quelque chose de terrible. Et je ne tiens pas à y être mêlé. » Il ajouta : « Et j'ai quand même envie de me présenter. Alors, Barefoot… arrangez-vous avec Louis en mon nom ; vous servirez d'intermédiaire… de psychopompe.

— Que signifie ce mot ?

— C'est ainsi que l'on appelle l'intermédiaire entre Dieu et l'homme, expliqua Gam.

— Si vous vous servez de mots pareils, jamais vous n'obtiendrez l'investiture, je vous le garantis. »

Gam lui adressa un sourire forcé. « Que diriez-vous d'un verre ? » Gam quitta le salon pour se rendre à la cuisine. « Bourbon ? Scotch ?

— Bourbon, indiqua Johnny.

— Dites-moi, que pensez-vous de la petite-fille de Louis ?

— Je l'aime bien. » Et c'était vrai ; il était parfaitement sincère.

« Bien que ce soit une psychotique, une droguée ? Bien qu'elle ait fait de la prison et donne de surcroît dans le délire mystique ?

— Oui, persévéra Johnny.

— Vous êtes fou, dit Gam en revenant avec les verres. Mais je vous approuve. C'est une fille bien. En fait, je la connais depuis un certain temps. Franchement, je ne comprends pas ce qui lui a fait suivre cette pente. Sans vouloir jouer au psychologue, je crois que ça a à voir avec Louis. Elle lui porte une sorte de dévotion bizarre, une loyauté à la fois infantile et fanatique. Et de mon point de vue, attendrissante.

— Ce bourbon est infect, dit Johnny après avoir porté le verre à ses lèvres.

— De l'Old Sir Muskrat, l'informa Gam en faisant la grimace. Effectivement.

— Vous auriez intérêt à mieux choisir vos alcools, si vous ne voulez pas ruiner votre carrière politique.

— Voilà pourquoi j'ai besoin de vous. Vous comprenez ?

— Je comprends. » Johnny emporta son verre à la cuisine pour le reverser dans la bouteille — et aller flairer le scotch.

« Comment allez-vous vous y prendre pour me faire élire ? s'enquit Gam.

— Je crois que la meilleure solution, la seule en fait, serait de jouer sur la corde sensible des gens, sur l'émotion inspirée par la mort de Louis. J'ai vu les foules défiler devant son cercueil ; c'était impressionnant. Ça n'arrêtait pas. De son vivant, nombreux étaient ceux qui le craignaient, lui et sa puissance. Mais maintenant ils peuvent respirer ; il n'est plus là, et les aspects redoutables de…

— Mais si, Johnny, il est toujours là ! l'interrompit Gam. C'est bien là tout le problème. Ce radotage qui encombre tous les moyens de communication… c'est lui !

— Sauf que les gens n'en savent rien. Le public est perplexe… comme l'était la première personne qui a capté sa voix. Ce technicien de l'Abîme Kennedy. » Puis, d'un ton catégorique : « Pourquoi verraient-ils un rapport entre Louis Sarapis et un phénomène électrique dont l'origine se situe à une semaine-lumière de la Terre ? »

Un ange passa. « Je pense que vous vous trompez, Johnny, dit enfin Gam. Mais Louis m'a dit de vous prendre à mon service, et j'obéirai. Je vous donne carte blanche ; je m'en remets à votre expérience.

— Merci. » Mais intérieurement, Johnny doutait de lui. *Le public est peut-être plus intelligent que je ne le crois*, s'avisa-t-il. *Je suis peut-être en train de commettre une erreur.* Mais quelle autre solution avait-il ? Aucune ; ou ils exploitaient les liens unissant Gam à Louis, ou ils se retrouvaient sans rien pour le signaler à l'attention du public.

Un fil bien mince pour y suspendre toute une campagne d'investiture… et à un jour seulement de l'ouverture de la Convention. Cela ne lui disait rien qui vaille.

Le téléphone du salon sonna.

« C'est probablement lui, dit Gam. Voulez-vous lui parler ? Sincèrement, j'ai peur de décrocher.

— Laissez sonner. » Johnny comprenait Gam ; c'était vraiment insupportable.

« Mais nous ne pourrons pas lui échapper s'il veut entrer en contact avec nous, lui fit remarquer Gam. Si ce n'est pas le téléphone, ce seront les journaux. Hier je me suis mis à ma machine à écrire électrique ; au lieu de la lettre que je voulais rédiger, j'ai obtenu la même bouillie… un texte de *lui*. »

Aucun d'eux ne fit un geste pour décrocher le téléphone.

« Désirez-vous une avance ? demanda Gam. Du liquide ?

— Avec plaisir. Dès aujourd'hui, je démissionne de l'Archimédienne. »

Gam plongea une main dans sa veste pour en retirer son portefeuille. « Je vais vous faire un chèque. » Il lorgna Johnny. « Vous l'aimez bien, mais vous ne pouvez pas travailler avec elle, c'est ça ?

— Exactement. » Johnny s'abstint d'entrer dans les détails, et Gam se garda d'insister. C'était un homme bien élevé, à défaut d'autre chose. Et Johnny appréciait cela.

Au moment où le chèque changeait de mains, le téléphone cessa de sonner.

Y avait-il un lien entre les deux faits ? se demanda Johnny. Ou était-ce un hasard ? Impossible de le savoir. Louis semblait être au courant de tout… de toute façon, c'était sa volonté ; il la leur avait signifiée à tous les deux.

« Je crois que nous avons fait le bon choix, décréta Gam. Écoutez, Johnny, j'espère que vous vous réconcilierez avec Kathy Egmont Sharp. Pour son bien. Elle a besoin d'aide. De beaucoup d'aide. »

Johnny émit un grognement.

« Maintenant que vous n'êtes plus à son service, faites un nouvel essai, poursuivit Gam. D'accord ?

— J'y penserai.

— Cette fille est très malade, et de lourdes responsabilités pèsent sur elle. Vous le savez aussi bien que moi. Quelle que soit la cause de votre différend, tâchez de trouver un terrain d'entente *avant qu'il soit trop tard.* C'est la seule ligne de conduite à adopter. »

Johnny resta muet. Il savait au fond de lui que Gam avait raison.

Mais comment faire ? Il n'en avait aucune idée. Comment s'y prenait-on avec une psychotique ? Comment combler un fossé aussi profond ? C'était déjà difficile dans les situations les plus ordinaires… et celle-ci comportait tellement d'éléments sous-jacents !

Dont Louis, à tout le moins. Et les sentiments de Kathy à son égard. Il faudrait qu'ils changent. Cette adoration aveugle… il faudrait que cela cesse.

« Qu'est-ce que votre femme pense d'elle ? » interrogea Gam.

Johnny sursauta. « Sarah Belle ? Elle n'a jamais vu Kathy. Pourquoi me demandez-vous ça ? »

Gam le dévisagea sans répondre.

« Drôle de question, murmura Johnny.

— Drôle de fille, cette Kathy. Plus que vous ne le croyez, cher ami. Vous êtes loin de détenir toutes les données du problème. » Il ne précisa pas davantage sa pensée.

« Il y a une chose que j'aimerais savoir, dit Phil Harvey à Claude Saint Cyr. Un problème auquel nous devons absolument trouver une solution, si nous voulons devenir un jour majoritaires dans la Wilhelmina. *Où se trouve le corps ?*

— Nous cherchons, répondit patiemment Saint Cyr. Nous explorons tous les funérariums. Mais l'argent est passé par là. Sans aucun doute, quelqu'un paie les propriétaires pour qu'ils se taisent, et si nous voulons les faire parler…

— Cette fille, dit Harvey, agit selon des instructions venues d'outre-tombe. Louis a beau se trouver en pleine désagrégation mentale… elle continue de lui prêter attention. C'est… anormal. » Il secoua la tête d'un air écœuré.

« Je partage votre avis. Et vous l'avez parfaitement formulé. Ce matin, en me rasant, je l'ai entendu à la télévision. » Il frissonna. « Désormais nous sommes soumis à un véritable siège.

— C'est aujourd'hui que s'ouvre la Convention. » Debout devant la fenêtre, Harvey regardait le va-et-vient des passants et des voitures. « L'attention de Louis va se concentrer là-dessus, il va s'efforcer de faire basculer les votes en faveur d'Alfonse Gam. C'est là que se trouve Johnny, à travailler pour Gam — conformément à l'idée de Louis. Le moment est peut-être venu d'agir avec plus de succès. Vous me suivez ? Il y a des chances que Louis ait oublié Kathy ; bon sang, il ne peut tout de même pas exercer sa surveillance partout à la fois.

— Mais Kathy n'est plus à l'Archimédienne, objecta tranquillement Saint Cyr.

— Où est-elle alors ? Dans le Delaware ? À la Wilhelmina ? Il ne devrait pas être très difficile de la retrouver.

— Elle est malade. Elle a été hospitalisée pas plus tard qu'hier soir. Pour une cure de désintoxication, je suppose. »

Un silence s'ensuivit.

« Vous êtes bien renseigné, remarqua enfin Harvey. Comment avez-vous appris ça ?

— En écoutant le téléphone et la télévision. Mais j'ignore dans quel hôpital elle a été admise. Il se pourrait même que ce soit loin de la Terre, sur la Lune ou sur Mars, voire là d'où elle vient. J'ai l'impression qu'elle est gravement atteinte. La défection de Johnny l'a beaucoup affectée. » Saint Cyr fixa un regard sombre sur son patron. « C'est tout ce que je sais, Phil.

— Pensez-vous que Barefoot sache où elle est ?

— J'en doute.

— Je suis persuadé qu'elle va essayer de l'appeler, déclara Harvey après un instant de réflexion. Si nous pouvions brancher un système d'écoute sur le téléphone de Johnny… acheminer ses appels jusqu'ici…

— Les lignes sont saturées par les radotages de Louis », dit Saint Cyr d'un ton las. Il se demanda ce qu'allait devenir l'Archimédienne si Kathy était déclarée inapte à la diriger, si elle était destituée. Très compliqué, tout dépendait si on en appelait à la juridiction terrestre ou bien…

« Nous ne pouvons ni la retrouver ni retrouver le corps, continuait Harvey. Et pendant ce temps la Convention s'inaugure, et on va donner l'investiture à ce pantin de Gam. » Il enveloppa Saint Cyr d'un regard hostile. « Jusqu'à présent, vous ne m'avez pas été d'une grande utilité, Claude.

— On va ratisser tous les hôpitaux. Mais il y en a des milliers. Si Kathy ne se trouve pas dans la région, elle peut être n'importe où. » Il sentait le découragement l'envahir. *On tourne en rond*, se dit-il.

Eh bien, on peut toujours surveiller la télévision, décréta-t-il. *Ce sera mieux que rien.*

« Je vais à la Convention, annonça Harvey. À plus tard. Si vous avez du nouveau, ce dont je doute, vous pourrez me joindre là-bas. » Il gagna la porte en quelques enjambées et Saint Cyr se retrouva seul.

Bon sang, qu'est-ce que je vais faire ? se demanda-t-il. *Je devrais peut-être aller à la Convention moi aussi.* Cependant, il avait un dernier funérarium à contrôler ; ses hommes y étaient déjà passés, mais il voulait y jeter un coup d'œil personnellement. C'était exactement le genre d'établissement qui aurait pu plaire à Louis, dirigé qu'il était par un personnage onctueux au nom impossible : Herbert Schoenheit von Vogelsang, ce qui signifiait en allemand Herbert Beauté-du-Chant-d'Oiseau — patronyme particulièrement indiqué pour le patron du funérarium des Frères Bien-Aimés, au cœur de Los Angeles, avec des succursales à Chicago, New York et Cleveland.

Arrivé au funérarium, Saint Cyr insista pour voir Herbert Schoenheit von Vogelsang en personne. L'endroit était en pleine effervescence ; le jour de la Résurrection arrivait et la petite-bourgeoisie, qui affluait à ce genre de cérémonie, faisait la queue pour prendre livraison d'un parent en semi-vie.

« Monsieur, dit Schoenheit von Vogelsang lorsqu'il fit enfin son apparition à la réception. Vous avez demandé à me parler ? »

Saint Cyr posa sa carte de visite sur le comptoir ; elle faisait toujours mention de sa qualité de conseiller juridique auprès de l'Archimédienne. « Claude Saint Cyr, déclara-t-il. Vous avez peut-être entendu parler de moi. »

Schoenheit von Vogelsang jeta un coup d'œil à la carte, pâlit et balbutia : « Je vous assure, Mr Saint Cyr, que nous poursuivons nos efforts. Nous avons dépensé plus de mille dollars en fonds propres pour essayer d'établir le contact. Nous avons fait venir des équipements ultrasensibles du Japon, pays qui a l'apanage de leur conception et de leur fabrication. Et toujours aucun résultat. » En proie à une agitation fébrile, il s'éloigna du comptoir. « Venez vous rendre compte par vous-même. Pour parler franc, je suis convaincu que nous sommes victimes d'une manœuvre malveillante ; pareil échec ne saurait avoir une origine naturelle, si vous voyez ce que je veux dire.

— Menez-moi auprès de lui.

— Certainement. » Toujours pâle et nerveux, le propriétaire du funérarium le conduisit sur place. Saint Cyr aperçut enfin, toujours en l'état, le cercueil de Louis Sarapis. « Avez-vous l'intention d'intenter une action en justice ? demanda timidement le propriétaire. Je vous assure que…

— Je suis simplement venu reprendre possession du corps, déclara Saint Cyr. Faites-le-moi livrer.

— Très bien, Mr Saint Cyr », répondit docilement Herbert Schoenheit von Vogelsang. Il fit signe à deux employés et entreprit de leur donner des instructions. « Disposez-vous d'un véhicule à cet effet, Mr Saint Cyr ? s'informa-t-il.

— Vous allez m'en fournir un », dit Saint Cyr d'un ton qui n'admettait pas de réplique.

Le cercueil fut bientôt chargé sur un camion de la compagnie. Le chauffeur se tourna vers

Saint Cyr pour recevoir ses instructions. Celui-ci lui donna l'adresse de Phil Harvey.

« Et cette action judiciaire ? s'inquiéta Schoenheit von Vogelsang au moment où Saint Cyr prenait place à côté du chauffeur. Vous n'avez pas l'intention d'invoquer une faute professionnelle de notre part, n'est-ce pas ? Parce que dans ce cas...

— En ce qui nous concerne, l'affaire est classée », répondit laconiquement Saint Cyr avant de donner au chauffeur le signal du départ.

Dès qu'ils eurent quitté le funérarium, Saint Cyr se mit à rire.

« Qu'est-ce qu'il y a de si drôle ? demanda le chauffeur.

— Rien », répondit Saint Cyr en continuant de glousser.

Lorsque le corps, toujours dans sa capsule de réfrigération, eut été déposé au domicile de Harvey et que le chauffeur fut reparti, Saint Cyr décrocha le téléphone. Mais rien à faire pour obtenir le siège de la Convention. Seule parvenait à ses oreilles, à son grand dam, l'étrange et lointaine litanie de Louis Sarapis... Il raccrocha, écœuré, mais en même temps animé d'une farouche détermination.

C'en est assez, se dit-il. *Je n'attendrai pas l'accord de Harvey ; je peux m'en passer.*

Il fouilla la salle de séjour et trouva dans un tiroir un pistolet laser. Il le braqua sur le cercueil et appuya sur la détente.

La coque réfrigérée se mit à fumer ; le cercueil lui-même grésilla à mesure que le plastique fondait. À l'intérieur, le corps noircit, se racornit, pour se transformer enfin en une petite masse carbonisée impossible à identifier.

Satisfait, Saint Cyr remit le pistolet dans le tiroir.

Il décrocha à nouveau le téléphone et composa son numéro.

Et une fois de plus lui parvint la voix monotone : « ... personne d'autre que Gam ne peut y arriver ; Gam, l'homme qu'on réclame... un bon slogan pour vous, Johnny. Gam, l'homme qu'on réclame ; souvenez-vous-en. Laissez-moi la parole. Donnez-moi le micro et je leur dirai : Gam, l'homme qu'on réclame. Gam... »

Saint Cyr reposa brutalement le récepteur et se tourna, sans comprendre, vers le tas de cendres noircies. Lorsqu'il alluma le téléviseur, ce fut pour entendre la même voix monocorde ; rien n'avait changé.

La voix de Louis Sarapis n'émanait pas du corps ! Car le corps n'existait plus. Il n'y avait aucun rapport entre les deux.

Il s'assit et alluma une cigarette d'une main tremblante, essayant de saisir ce que tout cela signifiait. Il y était presque, semblait-il, il tenait presque l'explication.

Mais pas tout à fait.

V

Encore sous le choc, Saint Cyr emprunta le monorail — il avait laissé son hélico au funérarium des Frères Bien-Aimés – pour gagner le siège de la Convention. Bien entendu, l'endroit était noir de monde. Toutefois, malgré la confusion générale, il réussit à obtenir les services d'un chasseur robot et Phil Harvey fut prié par haut-parleur de rallier une des salles annexes mises à la disposition des délégations désirant délibérer à huis clos.

Harvey apparut, les vêtements tout en désordre à force de jouer des coudes dans la foule des spectateurs et des délégués. « Qu'y a-t-il, Claude ? » Puis il remarqua l'expression de son conseiller juridique. « Dites-moi tout, reprit-il à voix basse.

— La voix qu'on entend, lâcha Saint Cyr. Ce n'est pas celle de Louis ! C'est quelqu'un d'autre qui essaie de se faire passer pour lui !

— Comment le savez-vous ? »

Saint Cyr lui rapporta ce qu'il avait fait.

Harvey hocha la tête. « Vous êtes sûr que c'est bien le corps de Sarapis que vous avez réduit en cendres ? Aucune substitution n'a eu lieu au funérarium ?

— Je n'en jurerais pas, mais j'en ai la conviction, comme j'en ai eu la conviction sur le moment. » De toute façon, il était trop tard pour en avoir la preuve ; les restes du corps ne pouvaient se prêter à une analyse concluante.

« Mais alors ce serait qui ? interrogea Harvey. Enfin, cette voix nous parvient d'au-delà du système solaire ! Pourrait-il s'agir d'extraterrestres ? D'une sorte d'écho, d'un canular, d'une réaction d'éléments inertes encore inédite ? D'un effet du hasard ? »

Saint Cyr se mit à rire. « Vous dites n'importe quoi, Phil. Arrêtez. »

Harvey opina. « Comme vous voudrez, Claude. Si vous pensez que c'est quelqu'un d'ici…

— Je n'en sais rien, avoua Saint Cyr en toute sincérité. Mais j'ai l'impression qu'il s'agit de quelqu'un qui se trouve sur notre planète, quelqu'un qui connaissait assez bien Louis pour se pénétrer de ses manies au point d'être capable de les imiter. » Il se tut. Il ne pouvait pousser plus loin la logique de son raisonnement. Au-delà, c'était l'inconnu. Un inconnu effrayant.

Il y a là-dedans, pensa-t-il, *une part de démence. Ce que nous prenions pour de la décrépitude mentale… c'est plutôt une forme de folie. À moins que folie et décrépitude ne soient une seule et même chose.* Comment savoir ? Il n'était pas compétent en matière de psychiatrie, sauf en ce qui concernait les aspects juridiques. Et les aspects juridiques n'avaient rien à faire ici.

« Est-ce que la candidature de Gam a déjà été présentée ? demanda-t-il à Harvey.

— Non, mais ça ne saurait tarder. C'est un délégué du Montana qui s'en chargera, paraît-il.

— Johnny Barefoot est là ?

— Oui. Il s'affaire auprès des délégués et ne

tient pas en place. Il court d'une délégation à l'autre, on ne voit que lui. Aucun signe de Gam, naturellement. Il ne se présentera qu'à la fin du discours d'investiture, et alors ce sera le cirque. Vivats, défilés, banderoles... les supporters de Gam sont fin prêts.

— Aucune manifestation de... » Saint Cyr hésita. « ... ce que nous supposons être Louis ? De sa présence ? » *Ou de la présence de* cette chose, rectifia-t-il mentalement.

« Pas encore.

— Je crois que nous en entendrons parler avant la fin de la journée. »

Harvey hocha la tête ; c'était aussi son avis.

« Vous avez peur ? questionna Saint Cyr.

— Évidemment. Surtout maintenant que nous ne savons plus à qui ou à quoi nous avons affaire.

— Vous avez raison de prendre les choses ainsi. » Saint Cyr éprouvait les mêmes sentiments.

« Il faudrait peut-être prévenir Johnny ? suggéra Harvey.

— Laissons-le découvrir la vérité par lui-même.

— Comme vous voudrez. Après tout, c'est

vous qui avez fini par découvrir le corps de Louis. Je vous fais entière confiance. »

En un sens, songea Saint Cyr, *je préférerais n'avoir rien découvert du tout. Je préférerais ignorer ce que je sais maintenant. Nous étions plus tranquilles en croyant que c'était ce vieux Louis qui nous parlait via le téléphone, la presse et la télévision.*

Sale histoire… mais là, c'est encore pire.

Et pourtant j'ai l'impression que la réponse est là, quelque part, presque à portée de main.

Il faut que j'essaie, se dit-il. *Que je trouve.*

Seul dans une salle annexe, un Johnny Barefoot tendu suivait le déroulement de la Convention sur le circuit de télévision intérieur. La distorsion, la voix envahissante venue de l'espace avait momentanément disparu, et il voyait et entendait à l'écran le délégué du Montana prononcer son allocution en faveur de l'investiture d'Alfonse Gam.

Il se sentait fatigué. La Convention, ses discours, ses cortèges, ses vociférations l'excédaient, le prenaient à rebrousse-poil. *Quel cirque*, songeait-il. Pourquoi tout ce tumulte ? Si Gam voulait être désigné, il en avait les moyens ; le reste était inutile.

Ses pensées personnelles tournaient autour de Kathy Egmont Sharp.

Il ne l'avait pas revue depuis son départ pour l'hôpital universitaire de San Francisco. Il n'avait pas de nouvelle de son état de santé et ignorait si elle avait commencé sa cure de désintoxication.

Une intuition secrète lui disait que non.

À quel point Kathy était-elle malade ? Sans doute était-elle profondément atteinte, que la drogue y soit ou non pour quelque chose. Peut-être ne quitterait-elle plus jamais l'hôpital ; c'était tout à fait concevable.

D'un autre côté, si elle voulait en sortir, *elle en trouverait le moyen*. Et cela, son intuition le lui indiquait avec encore plus de force.

Tout dépendait d'elle. S'étant fait hospitaliser volontairement, elle ressortirait de même. Personne ne pouvait la contraindre… c'était dans son caractère. Et cela, s'avisa-t-il, pouvait fort bien être symptomatique de son état mental.

La porte de la salle s'ouvrit. Ses yeux se détournèrent de l'écran.

Claude Saint Cyr se tenait sur le seuil, un pistolet laser à la main. Il visait Johnny. « Où est Kathy ? lança-t-il.

— Je ne sais pas. » Johnny se leva lentement, sur ses gardes.

« Si, vous le savez. Dites-le-moi, sinon je vous tue !

— Pourquoi ? » Il se demandait ce qui poussait Saint Cyr à de telles extrémités.

« Elle est sur Terre ? » Il s'approcha de Johnny sans cesser de braquer son pistolet sur lui.

« Oui ! admit Johnny à contrecœur.

— Dans quelle ville ?

— Quelles sont vos intentions ? Ce n'est pas votre genre, Claude. Vous avez toujours agi dans la plus parfaite légalité.

— Je crois que la voix, c'est Kathy, lâcha Saint Cyr. Je sais maintenant que ce n'est pas Louis ; à partir de là, on entre dans le domaine des suppositions. *Kathy est la seule personne de ma connaissance à être assez déséquilibrée, assez détériorée pour cela*. Donnez-moi le nom de l'hôpital.

— La seule façon de savoir que la voix ne provient pas de Louis, ce serait de détruire son corps, avança Johnny.

— Précisément. » Et Saint Cyr d'accompagner sa réponse d'un hochement de tête.

Ainsi, c'est ce que tu as fait, se dit Johnny. *Tu as trouvé le bon funérarium ; tu as contacté Herbert Schoenheit von Vogelsang*. Ce n'était pas plus compliqué que cela.

La porte se rouvrit brutalement. Un groupe de supporters de Gam pénétra dans la salle dans un concert d'acclamations ; ils soufflaient dans des mirlitons, lançaient des serpentins, brandissaient de grandes pancartes peintes à la main. Saint Cyr se retourna… et Johnny Barefoot en profita pour se glisser derrière les arrivants et bondir dans le couloir.

Il poursuivit son chemin au pas de course. Quelques instants plus tard il émergeait dans la grande salle centrale où la manifestation en faveur de Gam battait son plein. Diffusée par les haut-parleurs, une voix laissait tomber des phrases tonitruantes.

« Votez pour Gam, l'homme qu'on réclame. Gam, Gam, Votez pour Gam, votez pour Gam, l'inattaquable. Votez pour Gam, l'homme qu'on réclame. Gam, Gam, Gam, sans état d'âme… »

Kathy, pensa-t-il. *Ça ne peut pas être vous ; c'est impossible !* Continuant de courir, il quitta la salle, se faufilant parmi les délégués en délire qui dansaient, les hommes et les femmes aux yeux vitreux coiffés de chapeaux clownesques qui agitaient leurs banderoles… Il atteignit la rue, pleine d'hélicos et de voitures à l'arrêt assiégés par des hordes de gens qui se bousculaient pour y prendre place.

Si c'est vous, réfléchit-il, *c'est que votre état est désespéré. Même si vous avez le désir de guérir. Attendiez-vous la mort de Louis ? C'est ça ? Vous nous haïssez ? Vous avez peur de nous ? Comment expliquer vos agissements ? Quelle est la* raison *de tout cela ?*

Il héla un hélico marqué TAXI. « À San Francisco », dit-il au pilote.

Peut-être n'avez-vous pas conscience de ce que vous faites, songea-t-il. *Peut-être est-ce un processus autonome qui prend naissance dans votre subconscient. Dans une personnalité dissociée, l'une existant en surface, celle que nous voyons, l'autre étant…*

Celle que nous entendons.

Faut-il vous plaindre ? Ou vous haïr, avoir peur de vous ? Quel mal pouvez-vous faire ? C'est là l'essentiel. Je vous aime, songea-t-il. *En un sens, du moins. Je m'intéresse à vous, et c'est une forme d'amour, différent de celui que je porte à ma femme ou à mes enfants, mais relevant de la même sollicitude. Bon sang, c'est affreux. Mais Saint Cyr peut se tromper ; ce n'est peut-être pas vous.*

L'hélico s'arracha du sol, franchit l'obstacle des bâtiments et prit la direction de l'ouest, ses pales au maximum de leur vélocité.

À terre, devant le siège de la Convention, Saint Cyr et Harvey regardèrent partir l'appareil.

« Ça a marché, dit Saint Cyr. Je lui ai donné le coup de pouce nécessaire. Je suppose qu'il est en route pour Los Angeles ou San Francisco. »

Un deuxième appareil, hélé par Harvey, vint se poser devant eux. Les deux hommes embarquèrent et Harvey dit : « Vous voyez le taxi qui vient de décoller ? Suivez-le. En essayant de ne pas vous faire repérer, si possible.

— Et comment ça ? fit le pilote. Si je peux le voir, il peut me voir. » Il n'en mit pas moins son compteur en marche et prit de l'altitude. « Je n'aime pas ce genre de truc, maugréa-t-il. Ça peut être dangereux.

— Branchez donc votre radio, lui lança Saint Cyr, si vous voulez entendre quelque chose de dangereux.

— Vous rigolez ? dit le conducteur, écœuré. La radio ne marche pas. Un genre d'interférence, les taches solaires ou peut-être un radio amateur… J'ai loupé des tas de courses parce que le standard ne peut pas me contacter. Il me semble que la police devrait prendre des mesures, non ? »

Saint Cyr ne répondit pas. À côté de lui, Harvey ne quittait pas des yeux l'hélico qui les devançait.

Quand son taxi eut atteint l'hôpital universitaire de San Francisco et se fut posé sur la terrasse du bâtiment principal, Johnny Barefoot vit un autre appareil décrire un cercle au lieu de poursuivre sa route et comprit qu'il ne s'était pas trompé : il était suivi depuis son départ. Mais il ne s'en inquiéta pas ; c'était sans importance.

Empruntant les escaliers, il s'arrêta au troisième étage et s'approcha d'une infirmière. « Mrs Sharp, dit-il. Où est-elle ?

— Renseignez-vous à la réception. De toute façon, les visites ne sont autorisées qu'à partir de... »

Il continua sur sa lancée jusqu'à ce qu'il ait trouvé la réception.

« Mrs Sharp occupe la chambre 309 », lui indiqua l'infirmière de service, une dame d'un certain âge portant lunettes. « Mais il faut demander l'autorisation de la voir au Dr Gross. Pour l'instant, je crois qu'il déjeune ; il devrait être de retour vers deux heures. Si vous voulez bien patienter… » Elle lui montra une salle d'attente.

« Merci, dit-il. Je vais attendre. » Mais une fois dans la salle, il alla ouvrir la porte opposée, qui donnait sur un corridor, et chercha le numéro 309. Après l'avoir trouvé, il entra dans la chambre, referma la porte et regarda autour de lui.

Il y avait bien là un lit, mais vide.

« Kathy », dit-il.

Elle était à la fenêtre, en peignoir. Elle tourna vers lui un visage sournois, déformé par la haine. Ses lèvres remuèrent et, les yeux fixés sur lui, elle lâcha, pleine d'aversion : « Je veux Gam, j'y tiens comme à mon âme. » Elle s'approcha, les mains levées, les doigts recroquevillés, et cracha : « À Gam la palme ! » Dans ses yeux, il vit vaciller les derniers vestiges de sa personnalité. « Gam, Gam, Gam », répéta-t-elle ; puis elle le gifla.

Il battit en retraite. « C'est donc vous, dit-il. Saint Cyr avait raison. C'est bon, je m'en vais. » Il chercha à tâtons la poignée de la porte derrière lui. Un vent de panique l'emporta. Il ne pensait plus qu'à fuir. « Kathy, s'écria-t-il, arrêtez ! » Les ongles enfoncés dans son épaule, elle s'accrochait à lui, le regardant de biais, un sourire aux lèvres.

« Vous êtes mort, déclara-t-elle. Allez-vous-en. Vous puez le cadavre.

— C'est ça, je m'en vais. » Il réussit à trouver la poignée de la porte. C'est alors qu'elle le lâcha. Il vit sa main droite se lever, vive comme l'éclair, les ongles dirigés vers son visage, ses yeux peut-être. Il se baissa et esquiva le coup. « Laissez-moi partir », dit-il en se protégeant le visage des deux bras.

Kathy murmura : « Je suis Gam, je suis Gam. Je suis la seule qui existe. Je suis vivante. Gam vivant. » Elle éclata de rire. « C'est ça, reprit-elle en imitant à la perfection la voix de Johnny. Saint Cyr avait raison. C'est bon, je m'en vais. Je m'en vais. Je m'en vais. » Elle se trouvait désormais entre la porte et lui. « La fenêtre, dit-elle. Allez-y, maintenant, faites ce que vous vouliez faire quand je vous en ai empêché. » Elle se précipita sur lui et il recula, pas à pas, jusqu'au moment où il se sentit le dos au mur.

« Tout est dans votre esprit, dit-il. Toute cette haine. On a tous de l'affection pour vous. Moi, Gam, Saint Cyr et Harvey. À quoi ça rime, tout ça ?

— À quoi ça rime ? Eh bien, je vous montre ce que vous êtes en réalité. Vous ne le savez pas encore ? Vous êtes pire que moi. Au moins, je fais preuve d'honnêteté.

— Pourquoi avez-vous fait semblant d'être Louis ?

— Mais je suis Louis. À sa mort, il n'est pas entré en semi-vie parce que je l'ai mangé ; il est devenu moi. C'est ce que j'attendais. Alfonse et moi avions tout combiné, l'émetteur, là-bas, avec les bandes préenregistrées… On vous a fichu la trouille, hein ? Vous avez peur, trop peur pour vous mettre en travers de sa route. Il aura l'investiture ; il l'a déjà, je le sens, je le sais.

— Pas encore.

— Mais ça ne saurait tarder. Et je serai sa femme. » Elle sourit. « Et vous serez mort, vous et les autres. » Elle s'avança vers lui en psalmodiant : « Je suis Gam, je suis Louis, et quand vous serez mort je serai vous, John Barefoot, et tous les autres ; je vous mangerai tous. » Elle ouvrit largement la bouche, et il aperçut ses dents aiguës, blanches comme la mort elle-même.

« Et vous régnerez sur les morts ! » s'écria Johnny en la frappant de toutes ses forces à la joue, près de la mâchoire.

Elle tomba à la renverse, puis se redressa aussitôt et bondit sur lui. Il fit un écart, le temps d'apercevoir fugitivement ses traits déformés, saccagés par la force de son coup de poing. Puis, tout d'un coup, la porte s'ouvrit sur Saint Cyr et Harvey, accompagnés de deux infirmières. Kathy s'immobilisa. Johnny fit de même.

« Venez, Barefoot », dit Saint Cyr avec un brusque mouvement de la tête.

Johnny les rejoignit.

Tout en renouant la ceinture de son peignoir, Kathy dit d'une voix neutre : « Tout ça était donc concerté. Il devait me tuer. Johnny. Et vous autres n'aviez plus qu'à être là pour profiter du spectacle.

— Ils ont un gigantesque émetteur dans l'espace, raconta Johnny. Il est prêt depuis longtemps… peut-être des années. Et pendant tout ce temps, ils ont attendu la mort de Louis ; si ça se trouve, ce sont eux qui l'ont tué. Leur plan visait à faire désigner et élire Gam en terrorisant tout le monde avec ces émissions. C'est une malade. Bien plus atteinte que nous ne le pensions, que *vous* le pensiez. Mais la plus grande partie de son mal se dissimulait sous la surface. »

Saint Cyr haussa les épaules. « Eh bien, aux experts de rendre leur verdict. » Il était calme mais s'exprimait avec une lenteur inhabituelle. « Le testament m'a nommé curateur ; je peux représenter la succession contre elle, remplir la demande d'internement et déposer lors de l'expertise médicale.

— Je demanderai à passer devant un jury, dit Kathy. Je peux convaincre un jury que je suis saine d'esprit ; ce n'est pas très difficile, finalement ; je l'ai déjà fait.

— Peut-être bien, rétorqua Saint Cyr. Mais d'ici là l'émetteur aura disparu ; les autorités y auront mis le holà.

— Il faudra des mois pour l'atteindre, objecta Kathy. Même avec l'astronef le plus rapide. À ce moment-là les élections auront eu lieu et Alfonse sera président. »

Saint Cyr jeta un coup d'œil à Barefoot. « Possible, murmura-t-il.

— C'est pourquoi nous l'avons installé aussi loin, poursuivit Kathy. L'effet conjugué de l'argent d'Alfonse et de mes talents. J'ai hérité des dons de Louis, voyez-vous. Je peux faire n'importe quoi. Rien ne m'est impossible si je le désire ; je n'ai qu'à le désirer *suffisamment*.

— Vous désiriez me voir sauter par la fenêtre, intervint Johnny. Et je ne l'ai pas fait.

— Une minute de plus, et ça y était. Si les autres n'étaient pas intervenus. » Elle avait repris son sang-froid. « Mais cela finira par arriver ; je ne vous lâcherai pas. Vous ne pourrez vous cacher nulle part ; je vous suivrai partout et je vous retrouverai. Tous les trois. » Son regard les enveloppa l'un après l'autre.

« Je possède de l'influence et de l'argent, dit Harvey. Nous pourrons mettre Gam en échec, même s'il obtient l'investiture.

— Vous avez certes de l'influence, admit Kathy, mais pas d'imagination. Malgré tout ce que vous possédez, vous n'êtes pas de taille à vous mesurer avec moi. » Elle était d'un calme, d'une assurance incroyables.

« Allons-nous-en ! » fit Johnny. Et il se jeta dans le couloir, fuyant la chambre 309 et Kathy Egmont Sharp.

Johnny montait et descendait les rues escarpées de San Francisco, les mains dans les poches, sans voir les immeubles ni les passants, se contentant d'avancer. L'après-midi tirait à sa fin ; les lumières de la ville s'allumèrent sans même qu'il s'en rende compte. Il couvrit des kilomètres et des kilomètres jusqu'à ce que ses pieds lui fassent souffrir le martyre, jusqu'à ce qu'il s'aperçoive qu'il avait une faim de loup... qu'il était presque dix heures du soir et qu'il n'avait rien mangé depuis le matin. Il s'arrêta et regarda autour de lui.

Où se trouvaient Claude Saint Cyr et Phil Harvey ? Il ne se souvenait pas de les avoir quittés ; il ne se souvenait même pas d'avoir quitté l'hôpital. Mais Kathy, oui ; il se souvenait d'elle. Il n'aurait pu l'oublier même s'il l'avait voulu. Et il n'en avait pas envie. Ce qui s'était passé était trop important pour que les témoins puissent jamais l'oublier.

Sur un présentoir à journaux, une énorme manchette attira son regard.

GAM OBTIENT L'INVESTITURE
ET PROMET UNE CAMPAGNE
MUSCLÉE POUR L'ÉLECTION DE NOVEMBRE

Ainsi elle y est arrivée, songea Johnny. *Ils y sont arrivés, tous les deux ; ils ont exactement ce qu'ils voulaient. Il ne leur reste plus qu'à battre Kent Margrave. Et cette chose là-bas, à une semaine-*

lumière de la Terre, continue à débiter ses litanies. Et ça va être comme ça pendant des mois.

Ils gagneront, conclut-il.

Dans un drugstore il trouva une cabine téléphonique ; il inséra une pièce dans la fente et composa le numéro de son domicile afin de parler à Sarah Belle.

Un déclic. Puis la voix monocorde bien connue psalmodia : « Gam en novembre, Gam en novembre. Gagnez avec Gam, le président Alfonse Gam, notre candidat. Je suis pour Gam. *Je suis pour Gam de toute mon âme. Pour GAM !* » Il raccrocha et quitta la cabine. C'était sans espoir.

Il commanda un sandwich et un café au comptoir. Il mangea mécaniquement ; il subvenait à ses besoins physiques sans plaisir ni désir, par pur réflexe. Puis il fut temps de régler l'addition. *Que faire ?* se répétait-il. *Qui peut faire quelque chose ? Tous les moyens de communication sont inutilisables ; les médias sont sous contrôle. Ils tiennent la radio, la télévision, les journaux, les télécommunications... tout ce qui se transmet par micro-ondes et par l'électronique. Ils ont tout accaparé, sans rien nous laisser, à nous leurs adversaires, pour répondre à leurs coups.*

La défaite, pensa-t-il. *Telle est la sinistre réalité qui nous attend. Et quand ils prendront le pouvoir, ce sera notre… mort.*

« Ça fera un dollar dix », annonça la serveuse.

Il paya et quitta le drugstore.

Quand un hélico marqué TAXI vint pirouetter dans le voisinage, il lui fit signe.

« Chez moi, lança-t-il au pilote.

— O.K., répondit l'autre aimablement. Mais c'est où chez vous, l'ami ? »

Il lui donna son adresse à Chicago et s'installa en vue de son long voyage. Il renonçait à la lutte ; il abandonnait, retournait auprès de Sarah Belle et des enfants. Pour lui, le combat était terminé.

Quand elle le vit sur le seuil, Sarah Belle s'écria : « Mon Dieu, Johnny, tu as une mine de déterré. » Elle l'embrassa et l'emmena retrouver la chaude atmosphère du salon. « Je pensais que tu étais en train de fêter ta victoire !

— Ma victoire ? s'étonna-t-il d'une voix rauque.

— Ton candidat a obtenu l'investiture.

— Ah oui, dit-il en hochant la tête. C'est vrai, j'étais son responsable des relations publiques. J'avais oublié.

— Tu devrais t'étendre. Je ne t'ai jamais vu aussi abattu, Johnny ; je n'y comprends rien. Qu'est-ce qui t'est arrivé ?

— Rien.

— Est-ce Louis Sarapis qu'on entend partout au téléphone et à la télévision ? On en jurerait. J'en parlais justement aux Nelson ; d'après eux, c'est exactement sa voix.

— Non. Ce n'est pas Louis. Louis est mort.

— Mais sa période de semi-vie…

— Il est mort, je te dis. Oublie ça.

— Tu sais qui sont les Nelson, n'est-ce pas ? Ce sont les gens qui ont emménagé dans l'appartement que…

— Je n'ai pas envie de parler. Ni qu'on me parle. »

Sarah Belle se tut une minute, puis reprit : « Ils ont dit entre autres… ça ne te plaira sans doute pas. Les Nelson sont des gens simples, directs… Ils ont dit que même si Alfonse Gam obtenait l'investiture, ils ne voteraient pas pour lui. C'est bien simple, ils ne peuvent pas le sentir. »

Il laissa échapper un grognement.

« Ça t'embête ? demanda Sarah Belle. Je pense que c'est leur façon de réagir à la pression que Louis n'arrête pas d'exercer à la télévision et au téléphone. Ça ne leur plaît pas beaucoup. Je pense que tu as forcé la dose, Johnny. » Elle lui lança un regard hésitant. « C'est la vérité ; je dois l'avouer. »

Il se leva. « Je vais voir Phil Harvey, dit-il. À plus tard. »

Elle le regarda partir, les yeux pleins d'inquiétude.

Une fois chez Harvey, il trouva Phil et Gertrude ainsi que Claude Saint Cyr assis dans la salle de séjour, un verre à la main. Personne ne parlait. Harvey lui jeta un bref regard avant de détourner les yeux.

« Allons-nous nous avouer vaincus ? demanda Johnny.

— Je suis en contact avec Kent Margrave, dit Harvey. Nous allons essayer de détruire l'émetteur. Mais à cette distance, nous n'avons qu'une chance sur un million de l'atteindre. Et même avec le missile le plus rapide, ça prendra un mois.

— C'est mieux que rien », dit Johnny. Au moins leur resterait-il un peu de temps avant les élections ; quelques semaines pour mener leur propre campagne. « Est-ce que Margrave comprend la situation ?

— Oui, répondit Claude Saint Cyr. Je lui ai pratiquement tout dit.

— Mais ce n'est pas suffisant, renchérit Harvey. Il nous reste une tâche à accomplir. Voulez-vous en être ? Voulez-vous tirer à la courte paille ? » Il désigna la table à café sur laquelle étaient disposées une moitié d'allumette et deux entières. Harvey en ajouta une quatrième.

« En premier lieu, se débarrasser d'elle, dit Saint Cyr. Le plus tôt possible, voire tout de suite. Et après de Gam, si nécessaire. »

Johnny en eut la chair de poule.

« Prenez-en une », dit Harvey en saisissant les quatre allumettes qu'il disposa et redisposa entre ses doigts avant d'en présenter les extrémités soigneusement alignées aux autres occupants de la pièce. « Allez-y, Johnny. Vous êtes le dernier entré, à vous de tirer le premier.

— Non, pas moi.

— Dans ce cas nous nous passerons de vous », dit Gertrude Harvey en tirant une allumette. Phil tendit les trois restantes à Saint Cyr, qui en prit une.

« J'étais amoureux d'elle, avoua Johnny. Et je le suis toujours. »

Harvey opina. « Je sais. »

Le cœur lourd, Johnny céda. « Entendu, je vais choisir. » Il prit une des deux allumettes.

C'était l'allumette cassée.

« J'ai la plus courte, dit-il. C'est moi.

— Vous vous en sentez capable ? » s'enquit Claude Saint Cyr.

Il demeura silencieux, puis haussa les épaules. « Oui. Pourquoi pas ? » *Eh oui, pourquoi pas ?* s'interrogea-t-il. *Une femme dont j'étais en train de tomber amoureux. Bien sûr que je peux l'assassiner. Puisqu'il le faut ; puisque nous ne pouvons pas nous en sortir autrement.*

« Ce ne sera peut-être pas aussi difficile que nous le pensons, reprit Saint Cyr. Nous avons consulté quelques-uns des techniciens de Phil, qui nous ont donné des avis intéressants. La plupart de leurs émissions ne viennent pas de très loin, pas d'une semaine-lumière en tout cas. Je vais vous dire comment nous le savons. Certaines de leurs interventions ont suivi de près le cours des événements. Un exemple : votre tentative de suicide à l'hôtel Antler. *Il n'y avait pas le moindre décalage temporel.*

— Ces interventions n'ont rien de surnaturel, Johnny, ajouta Gertrude Harvey.

— Par conséquent, continua Saint Cyr, la première chose à faire est de repérer leur base sur Terre, ou tout au moins dans le système solaire. Ce pourrait être le ranch où Gam élève ses pintades, sur Io. Essayez là-bas, au cas où elle aurait quitté l'hôpital.

— Entendu, dit Johnny en inclinant légèrement la tête.

— Que diriez-vous d'un verre ? » lui proposa Harvey.

Nouveau signe d'acquiescement de Johnny.

Assis en cercle, ils burent tous les quatre, lentement et en silence.

« Vous avez une arme ? s'enquit Saint Cyr.

— Oui ! » Il reposa son verre et se leva.

« Bonne chance », lui lança Gertrude.

Johnny ouvrit la porte et s'enfonça, seul, dans la nuit froide.

Composition Nord Compo
Impression Novoprint
à Barcelone le 5 février 2010
Dépôt légal : février 2010
Premier dépôt legal dans la collection: avril 2006

ISBN 978-2-07-033759-0 / Imprimé en Espagne.

174859